采集种子的人

叶炜 高璐 —— 编著

江苏凤凰文艺出版社

图书在版编目（CIP）数据

采集种子的人 / 叶炜，高璐编著. — 南京：江苏凤凰文艺出版社，2018.12
ISBN 978-7-5594-2978-0

Ⅰ.①采… Ⅱ.①叶… ②高… Ⅲ.①纪实文学－中国－当代 Ⅳ.①I25

中国版本图书馆 CIP 数据核字(2018)第 226745 号

书　　名	采集种子的人
编　　著	叶炜 高璐
责任编辑	王青 张倩
出版发行	江苏凤凰文艺出版社
出版社地址	南京市中央路 165 号，邮编：210009
出版社网址	http://www.jswenyi.com
印　　刷	江苏扬中印刷有限公司
开　　本	718×1000 毫米　1/16
印　　张	13.25
字　　数	155 千字
版　　次	2018 年 12 月第 1 版　2018 年 12 月第 1 次印刷
标准书号	ISBN 978-7-5594-2978-0
定　　价	39.80 元

（江苏文艺版图书凡印刷、装订错误可随时向承印厂调换）

前　言

　　有这样一个人，他的一生致力于生物多样性研究和保护，为全球生物多样性和国家种质多样性做出了贡献。他从教30年，援藏16年，培养了一大批科研骨干。这位著名的植物学家，在《播种未来》中曾说："任何生命都有其结束的一天，但我毫不畏惧，因为我的学生，会将科学探索之路延续。而我们采集的种子，也许会在几百年后的某一天，生根、发芽。"他为科研、为教育事业忘我奉献的点点滴滴为世人所共仰。在他生前，他的学生一直将他的口头禅"没试过你怎么知道"铭记于心；在其身后，上海市委书记李强强调："他是新时代的重大先进典型，具有鲜明的时代特征，蕴涵丰富的时代内涵，高度契合'不忘初心、牢记使命、永远奋斗'的时代号召，集中展现优秀共产党员和优秀知识分子的时代风采。"复旦大学党委书记焦扬说："在他的身上，集中体现了对党忠诚、坚守初心的政治品格，扎根祖国、至诚奉献的爱国情怀。他始终把事业放在心上，胸怀博大、为民造福，又严于律己、胸怀坦荡，只求真真切切培养一批人，为国家民族、为人民群众多做实事。"

　　他，就是被中共中央宣传部追授为"时代楷模"的钟扬。

目　录

前言

第一章
少年天才初长成

困苦没有妨碍钟扬的成长 _ 3
不够年龄的"合格生"被破格录取 _ 5
骨子里有一股倔劲儿 _ 7
文科学霸锋芒初露 _ 9
考入中科大少年班 _ 11
大学的锻造和历练 _ 17
学术眼光初露峥嵘 _ 24

第二章
在武汉植物研究所的日子

初到武汉植物研究所 _ 29
有了心仪的对象 _ 34
家庭事业两不误 _ 38
学术科研大发展 _ 41

第三章
世界眼光与本土视野

拼命地干活出东西 _ 47
国外访学的收获 _ 52
突破学科藩篱求发展 _ 58

第四章
有价值的东西总会被看到

从武汉来到了上海 _ 63
为了学术研究读博士 _ 67
只要肯付出总有回报 _ 72

第五章
一个天生的教育家

时时处处为学生着想 _ 79
做受学生欢迎的老师 _ 81

第六章
行政科研两不误

教育创新推动教育改革 _ 89
成果突出，获奖不断 _ 94

第七章

把自己奉献给西藏的教育事业

毅然决然支援西藏建设 _ 101
把"根"扎在西藏 _ 104
把培养学生的重心放在了西藏 _ 106
为西藏培养博士生 _ 109
抛弃小我成就大我 _ 113
不放弃每一个学生 _ 114
把一切都献给西藏 _ 118

第八章

浪漫主义情怀实干主义精神

文学情结和艺术梦想 _ 125
为每个少数民族培养一名博士 _ 131

第九章

为真正的科学发现打基础

从人类整体发展考虑问题 _ 139
带着探索的兴趣冒险采集种子 _ 144

第十章
苍天不负有心人

一个在生活中冒着"傻气"的人 _ 155
"傻气"和智慧成就人生 _ 159
付出总有回报,要做就做最好 _ 161

第十一章
最后的日子最后的辉煌

即便是脑溢血还要去西藏 _ 173
最后的日子他依旧忙碌 _ 178
他独自远航去了遥远的地方 _ 185

第十二章
无疆大爱铸就"时代楷模"

一个"不合格"的父亲和儿子 _ 191
"不称职"的丈夫和贤惠的妻子 _ 196
他的一生都在践行着无疆大爱 _ 199

尾声 _ 201

第一章 少年天才初长成

困苦没有妨碍钟扬的成长

1964年5月2日早上8点45分，在湖北黄冈县黄州镇的一所医院里，二十八岁的王彩燕诞下了一个男婴。

就在前一天，这位黄冈中学的化学老师王彩燕还挺着大肚子，参加学校组织的"五一"游行的队伍。这一切在当时充满革命热情的人们眼中，都是再正常不过的事情。由于人多拥挤，被人推撞一下都很正常，而对于一个预产期在6月的孕妇来说，每一次推撞都很危险。

游行归来后，王彩燕继续给学生上化学课。上课途中，她突然感到腹痛难忍，就被紧急送到医院就诊。经历了一个晚上的待产，第二天早上，孩子就来到了这个新奇的世界。

由于工作繁忙，第二天早上，王彩燕的丈夫钟美鸣才匆匆赶到医院，见到自己的妻儿。钟美鸣觉得，虽然没能守在妻子的身边，见证儿子的出世，有些许遗憾和满心愧疚，但把一切献给党是一件值得他骄傲的事情。

初做父亲的钟美鸣春风满面，并颇费心思地开始给孩子取名字。在当时的大环境下，很多人的名字都与时代有着很大的关联。钟美鸣的同事给他"出谋划策"，取名"刚阳"，既包含了黄冈和邵阳这两个地区名，又寓意早晨八九点钟的太阳、未来的希望。

一开始，钟美鸣对这个名字颇为满意。孩子是早产儿，所以一出生就被放在暖箱里。等到出院了，孩子由妻子王彩燕和孩子的外婆看护，后来因为王彩燕也要工作，他们才不得不请了一个保姆。

保姆不识字，对孩子的名字颇为不满，"钢洋钢洋，那还不如叫袁大头呢"。钟美鸣一听，自此又陷入了给孩子换名的思考中。他将"刚"换成"黄冈"的"冈"，但思忖片刻，又觉得不妥。后来，干脆将"冈"去掉，"阳"字也换成了"扬子江"的"扬"，最终敲定就叫钟扬，小名叫扬子，意寓着他将在自己的出生地扬子江扬帆远航。这是一位父亲对孩子的殷切期望。

钟扬从小身体就不好，经常生病。为了孩子能健康成长，钟美鸣和王彩燕带着他遍访名医。那时候，钟扬感冒发烧吃药都是家常便饭，一家三口都已习以为常。由于吃药吃得多，到后来哪怕吃再苦的药，钟扬也是不哭不闹。是药三分毒，频繁地服用药物肯定会影响到肾。钟扬五岁时，果然被诊断出了肾病。这对只有一个孩子的钟美鸣、王彩燕来说，是一个很大的打击。心疼之余，夫妇俩带着孩子去武汉求名中医张梦龙诊断开了药方，连吃了一百多副药，才好了些。

钟美鸣和王彩燕当时都是普通教师，工资本身就不高，再加上王彩燕的哥哥嫂子没有固定收入，一家人都要靠王彩燕的工资来接济，使得这个原本就不宽裕的小家庭生活得更加紧张。

都说孩子是父母的心肝宝贝，这话一点儿也不假。即使生活如此困难，"再苦也不能苦孩子"的念头支撑着钟美鸣和王彩燕。

为了给小钟扬补充营养，他们坚持从牙缝里省出钱来给钟扬订了一份牛奶。

虽然他们一家住在学校半间宿舍里，一张小床承担了三个人的重量，但是生活的困苦并没有压倒钟美鸣和王彩燕，也没有妨碍钟扬的成长。

1966年，"文化大革命"席卷全国，钟美鸣、王彩燕自然也未能幸免，不得不投身上山下乡教育运动。小钟扬只能由他的奶奶来照顾。闲暇时，钟美鸣为了能让孩子在环境允许的情况下认字学习，就教他认识《毛主席语录》上的字，并让他背诵。

钟美鸣教钟扬背《毛主席语录》的效果很好。每天让钟扬背一条，第二天再把前一天的再背一遍，一直到他能背出来了，再进行第二条的学习。直到后来，钟美鸣指着其中的一个字，钟扬就能顺着这个字往下背，一字不落。

或许我们今天已经无法想象这样的学习方式了。但我们要知道《毛主席语录》是那个年代最重要的学习资源，又是经过中央一个字一个字斟酌出来的，语言很精炼，这为钟扬打好语文基础，起到了很好的作用。

不够年龄的"合格生"被破格录取

1967年，钟扬三岁了。

这年9月，钟扬很顺利地在湖北省黄冈地区第一幼儿园入学。此时，仅仅靠着在闲暇时听父亲钟美鸣讲《毛主席语录》，显然已经不能满足小钟扬的知识渴求了。他央求父亲给他讲故事。于是，父亲钟美鸣会选择当时最流行的红色故事讲给他听。此外，也会选择一些连环画，丰富钟扬的知识宝库。

除了这些，钟美鸣还选择四大名著中《水浒传》和《三国演义》的片段讲给钟扬听，比如"武松打虎"之类的故事。钟美鸣有时只讲几句，讲述一下故事冲突，钟扬听了就会给故事添枝加叶，再去讲给别人听。

钟美鸣不仅是一个慈父，也是一个严父。

钟扬三四岁的时候，父亲钟美鸣第一次很重地打了钟扬。那个年代买布要凭布票，而布票又很紧张。钟扬稍大一些的时候，依然穿着开裆裤，况且家里条件一直不是很好。钟扬的奶奶就用自己种的棉花织布，在农村给钟扬做好了一身衣服。钟美鸣给钟扬将衣服带了回来，原本以为钟扬会爱惜，没想到钟扬穿着这身衣服去跟别的孩子玩时，衣服被别人脱光了，他就光着身子哭着回家。钟美鸣就问钟扬为何不穿着衣服回来，钟扬就回答说衣服让别人脱掉弄丢了。这一次，父亲打在了他的身上，也让他记在了心里。

钟扬上幼儿园的时候比较小，只有五岁多。但因为路比较远，要有专人来回接送。而钟美鸣、王彩燕工作又比较忙，没有办法两头兼顾，只能让钟扬退出幼儿园，选择上小学。钟美鸣当时在教育局工作，钟扬本来可以上黄州实验小学，但也是因为路途遥远而放弃了，最后选择了黄冈中学旁边的八一小学。

而钟扬此时还没有到可以上小学的年纪，所以需要考试。当时的八一小学，是贫下中农管理学校，考试的内容就是《毛主席语录》。八一小学的贫下中农宣传队的人考钟扬《毛主席语录》，他点一个字，让钟扬顺着这个字往下背，他连点了好几个字，钟扬都屡试不爽。最后，钟扬又背了一些语录，也顺利过关了。贫宣队将这一情况反映给校长，校长破格录取了钟扬这一不够年龄的"合格生"。

骨子里有一股倔劲儿

1970年3月，钟扬上小学一年级。那时候，和全国各地一样，学校也没有多少课可以上，做得最多的就是劳动、开会、游行。在做这些事的过程中，钟扬除了继续读《毛主席语录》外，还看了不少其他书。当时黄州街上只有小人书卖，街上还有钟扬最喜欢吃的一种零食，叫锅盔。但是只要看到小人书，钟扬就什么吃的都不要了，一心要买书。实在买不到新书了，他才选择买自己喜欢吃的锅盔。

在没有新书可看的时候，钟扬就把家里的《十万个为什么》，还有一些课本和老书搬出来看。钟扬不仅喜欢看书，还喜欢将所看到的内容讲出来。所以，不管学校是在开会、游行还是劳动，只要有同学在，他们必定围着钟扬，听他讲故事。

有一次，学校组织劳动，去扯棉花秆，扯着扯着，同学们就停下了手里的活儿，在钟扬身边围成了一个圈，听他讲故事。班主任看到后，又生气又高兴。他气的是劳动时间不好好劳动，耽误劳动进程；喜的是钟扬有这样一种才能，作为自己的学生，很是自豪。到了晚上睡觉的时候，同学们又都挤到钟扬的床上，继续听他讲故事。钟扬的故事，给同学们那段枯燥的劳动生活增添了不少乐趣。

讲故事的能力给钟扬带来自豪感的同时，也让少部分同学对他产生了嫉妒。当时住在钟扬家隔壁的一个同学，就非常嫉妒班主任偏爱钟扬。在一次劳动途中，他怂恿其他也嫉妒钟扬的同学，一起朝钟扬扔石子。结果钟扬就哭着回了家，但他却一个字都不说。后来，钟扬的妈妈才得知是邻居家的孩子打的。

钟扬小的时候就是这样，别人欺负他，他从来不知道还手，甚至连告状都不敢。钟扬班主任知道后，在批评那些欺负钟扬的同学的同时，也批评了钟扬，因为钟扬讲故事会惹出一些麻烦来。但老师越是批评他，他就越讲得起劲儿，他骨子里其实是有一股倔劲儿在的。

爱讲故事的同时，钟扬的父亲钟美鸣要求钟扬每天都要记一篇日记，写日记的要求不是很高，几句话就可以，只需记他今天做了什么事。这对训练钟扬的书面表达起到了很好的作用。同时，钟扬也写得一手好字，这跟钟美鸣要求钟扬在写完日记后，再用稿纸写一页小字和一页大字不无关系。

父亲钟美鸣对钟扬的高要求实际跟钟美鸣的父亲有关。钟美鸣的父亲，也就是钟扬的爷爷，读过半年私塾，认得几个字。后来钟美鸣读书的时候，钟美鸣的父亲就对钟美鸣要求很严，如果讲假话，就要挨打，他要求钟美鸣养成强烈的是非观。不论寒冬酷暑，钟美鸣放学回来后，必须写一页字。由于没有钢笔，钟美鸣都是用毛笔来练习写字。那个时候，钟美鸣的父亲就会把墨磨好，把纸摊开，要求钟美鸣每天用毛笔写一张大字，写一张小字。钟美鸣也如此要求儿子钟扬。

不同于父亲钟美鸣，钟扬的母亲王彩燕对钟扬的教育更多是引导式的。钟扬上小学二年级时，对化学产生的反应颇为感兴趣，而钟扬的母亲王彩燕又是化学老师。有一次钟扬用电池做实验，弄坏了很多正在使用的家用电池。但王彩燕不仅没有责怪钟扬，还耐心引导他，带他去自己学校的实验室观察实验过程。这一事件，为钟扬的化学热情奠定了很好的基础，也使得他后来的化学成绩一直名列前茅。

钟扬的母亲虽然能给钟扬一些启示性的教育，但是她的工作性质导致她没有很多时间陪着钟扬学习。加上当时的大环境影响，每天白天上班，晚上还要去开会、学习。钟扬小的时候很懂事，不吵不闹，他做完自己的作业后就看书。王彩燕担心他的身体，就让他学习累的时候以唱歌来缓解。

1971年，钟扬七岁。这一年他第一次随父母回到祖籍湖南省新宁县丰田乡故里坪。家乡的一草一木都令他感到亲切。都说故土情深，他的根长在这里，不管走多远，都惦记着自己的家乡。他甚至在临走时还跟父亲说要留在老家，钟扬的父亲想着各种办法才将他哄回了黄冈。

小学三年级的时候，钟扬因为肾炎住院治疗。为此，学校已经为他办了休学手续。或许对现在的孩子来说，能有个假期是一件特别高兴的事情，但对钟扬不是，身体上的病痛并没有压制钟扬对书本的热情。这一期间，他阅读了很多书籍，给他的"故事"宝库增添了很多材料。出院之后，他还是手不释卷。

钟扬的父母以及老师都想让钟扬留一级，毕竟生病住院耽误了他的课程。但钟扬不肯，他坚持参加期末考试，结果竟出乎所有人的意料，各科成绩都遥遥领先。这样的成绩，这样的才能，又怎么会得不到老师的喜爱呢？

1974年，钟扬十岁。这一年钟扬在《黄冈报》刊发他的处女作《电影〈闪闪的红星〉观后感》。这与钟扬平时的阅读积累和练笔密不可分，这让小小的钟扬在同龄人中也有了小小的名气。

第二年8月，钟扬小学顺利毕业。

文科学霸锋芒初露

1975年9月，钟扬进入湖北省黄冈中学初中部，也是其父母教书的地方。

钟扬读初中一年级，被分在文艺班。那个年代，学校受到大环境影响，不是特别重视课堂学习，也没有按照成绩分班。文化课成绩好的同学并不受到关注，相反，体育好的或者文艺好的学生更能受到同学们的欢迎。而钟扬不管是体育还是文艺，都不出色。学校体育课60米测验时，甚至还有同学嘲笑他后脚跟着地的跑步习惯。吹、拉、弹、唱、舞，更是没有钟扬的一席之地。在同学的眼中，钟扬只是个"平庸之辈"。

虽然在体育和文艺方面并没有显现出钟扬的才能，但是钟扬在写作方面的才华还是展露了出来。钟扬负责年级的黑板报，黑板报上面经常可以看到他写的文章。在这一方之地，钟扬是自由的甚至是畅意的。

每当学校把作文作业批改出来的时候，钟扬的作文就会被作为范文挂在学校门口的墙上，并得到老师的嘉奖。钟扬的作文用词简洁，内容感人，很能引起读者的共鸣。钟扬的记忆力很好，很多东西看一次便能了然于心。他的眼界很开阔，这跟他从小的阅读习惯和父母的言传身教不无关系。对于很多事情的理解，钟扬都能超出同龄人。在这一点上，钟扬是比同龄人成熟的。

1977年全国恢复高考，对于一直在主流环境中还能继续学习的人来说，这无疑是一个很大的惊喜。这一年钟扬上初三。学校开始重视学生的成绩，并开始按成绩分班。黄冈中学文艺班成了全年级文科最好的班级，而体育班成了全年级理科最好的班级。

不管是文科还是理科，钟扬的成绩都很好，而且他还是年级文科第一名。钟扬的好友黄梵则是理科第一。初中的各种比赛都有他俩的身影，据黄梵回忆：

"那时初中的各种学科竞赛，都有我俩的身影，我俩也成了所谓的竞争'对手'。每次年级考试排名，我俩互有胜负，几乎霸占了第一第二的排名。因经常要参加县、地区，甚至省里的各种学科竞赛，我俩常在一起参加短期集训。我记得他长得很帅，高高瘦瘦的，言谈自信，气度豁达。"

钟扬对待学业一丝不苟，经常在学校学到很晚才回去睡觉。尽管钟扬一家住在学校，这也会给钟扬带来便利，但当时的条件比较艰苦，钟扬还能始终如一地坚持下去，这对他的意志是很好的锻炼，同时，也使得他养成了慎独的习惯。

1978年4月，钟扬在黄冈中学读初中三年级时，由唐英介绍他加入了中国共产主义青年团，并担任团支部宣传委员一职。同年6月，钟扬参加黄冈中学在初三组数学竞赛，获得了第一名的好成绩。

1978年9月，钟扬顺利考入黄冈中学高中部。

考入中科大少年班

高考制度的恢复，无疑如春雨般复苏了中国高等教育。1974年，钟扬的父亲钟美鸣开始担任地区教育局高等院校招生办公室主任一职。作为黄冈市教育局的一名教育工作者，钟美鸣无时无刻不关心着黄冈中学的教育质量问题和招生问题。但令人痛心的是，黄冈中学的高考录取率极其低下。在1977年高考制度恢复的第一年高考中，只有四个学生如愿考上大学。

学校为这四名学生举办了欢送仪式，而这一幕深深感染了场下所有备考的学生。能站在台上，对备考学生来说，是一种荣誉，钟扬也不例外。这个场景深深感染着钟扬，甚至在很多年以后，也就是在2016年5月28日，他还以"索顿"这个藏族名字，写了一篇回忆性散文《一个招生办主任儿子的高考》，发表在《文汇报》上。文章写道：

"1977年恢复高考后的第一届大学生即将入学，我所在的中学在大操场上举行了隆重的欢送仪式。锣鼓声、鞭炮声、欢呼声震耳欲聋，4名考上大学的同学胸佩大红花，精神抖擞地站在高台上，接受学校的表彰和师生的夸赞，他们还不到我校应届高中毕业生总数的1%，却成了全校2000多名学生心目中真正的英雄。作为一名即将毕业的初中生，我仿佛看到了人生的希望和前进的榜样，那从未走进过的大学校园对我而言似乎也不再遥远了。"

高考的结果无非就是几家欢喜几家忧。考上大学的学生笑容满面，未考上的学生却愁容满面。同样愁容满面的还有钟扬的父亲钟美鸣。作为本职工作，钟美鸣兢兢业业，力求找到录取率低下的原因。功夫不负有心人，这一原因终于让钟美鸣找到了。

受"文化大革命"的影响，黄冈地区的招生计划有了很大的变化。在这之前，黄冈地区是面向全县招生的，而现在，则只向黄冈县城关镇内招生，这大大减少了优秀学生的输入。对此，钟美鸣全力上报，申请继续向全县招生。

功夫不负有心人，上级批准了这一申请。自此，来自黄冈地区各个县的优秀学生集中在了黄冈中学，这为黄冈中学的优质生源供应提供了保障。

除此以外，黄冈中学为了保证升学率，还办了一个"跃进班"，把高一的包括钟扬在内的23个优秀学生，编进一个班，集训半年就参加高考。而最初"跃进班"只有22名成员，钟扬是后来加上去的。

钟扬的情况有些特殊。

学校准备办"跃进班"时，也就是1979年1月，这年钟扬十五岁。钟扬的奶奶去世，作为唯一的孙子，钟扬随着父母亲回到祖籍地新宁县丰田乡故里坪，给奶奶奔丧。等到将丧事办完，将钟扬的爷爷一并接回来的第二天，正好赶上钟扬参加"跃进班"招生考试。这次钟扬只考了第九名，没有资格进入"跃进班"了，这对钟扬来说是个打击。

虽然因准备不充分与"跃进班"失之交臂，但钟扬的优秀足以让"跃进班"破格录取这名学生。钟扬终于如愿以偿地进入"跃进班"。

这23人中，只有钟扬和黄梵是黄州镇的，其余同学均来自地区下属的各县，都要住在学校宿舍。对他们来说，提前一年高考，无疑可以减轻一年的住校费用负担。所以，其余21人纷纷争取提前毕业。

而钟扬和黄梵则不然，对他们俩来说，正常高考，考上北大几乎没有任何悬念。但是当时的"跃进班"已经被"炒"得很热了，他们同样经不起声名的诱惑。更重要的是，学校还对他俩委以重任，经常要代表学校参加各种比赛。在这种情况下，留给他们复习的时间是短之又短。

据黄梵回忆："我当时很忧心，觉得如此'备考'，于我十分不利，有两次打退堂鼓，想回到原来高一的正常班级，等到高二时再参加高考。记得我每次跟老师说，我已决定要退回原来的班级时，大概因为不再忧心忡忡，那几天的考试成绩就特别好。学校因为怕有人一退，会造成'跃进班''军心动摇'，每次就让老师找我谈话，谈话的结果当然是继续留在'跃进班'。一旦决定留下来，大概因为心理压力大，考试成绩立马就变得不理想。因为钟扬比我小一岁，他的'摇摆'与我不同，一开始他似乎考入'跃进班'的成绩没过线，他家人也不主张他提前考。"

钟扬进入高中以后，学习就更加刻苦了。经常在课堂之外的一切时间捧着本书看，神情专注。俗话说"好记性不如烂笔头"，钟扬不仅思维灵活多变，还经常拿起笔记记画画，熟稔课本上的每一道题目。

同钟扬的小学班主任一样，钟扬的高中班主任余楚东也很喜爱这个热爱学习的学生。除了课堂知识外，他还经常给钟扬开拓思维，讲解一些诸如三极管的放大电路、流体力学中的流线之类的物理知识。考虑到钟扬这个年纪，余老师生怕钟扬不能理解，经常举一些例子让他更好地融会贯通。而钟扬举一反三的能力更让余老师对他刮目相看。

黄冈中学当时的高中学制是两年。恢复高考的第二年，也就是1978年，高考制度发生了变化，无论是高中一年级还是二年级的学生都有资格参加高考。但是，这对应届生来说是一个很大的压力，他们纷纷提出反对意见。

在教育改革提上日程的同时，学生和家长的心声被教育部门听到了，他们立即调整政策，规定只有应届毕业生才可以参加高考。而这又让钟美鸣为这些正在备考的低年级学生感到遗憾。

为了安抚学生们的情绪，同时也为帮助这些学生争取到参加考试的名额，钟美鸣可谓是倾尽全力。为了能让高中一年级的优秀学生提前参加高考，他不停地争取，最终教育部同意让这批学生提前参加高考，但是条件是高考只能参加一次。如果这一次考不上，那就意味着没有机会再参加考试了。这一申请下来后，倒也抚平了那些应届生和家长们的情绪。

但钟美鸣为了避嫌，就让钟扬放弃提前参加高考的机会。这一决定对于钟扬来说，无疑是一个很大的打击，一时间让他难以接受。在钟扬心里，他埋怨父亲的这一做法，甚至当面和父亲争辩。但这一做法却抚平了民心，无一人敢再提出异议。

钟扬神情沮丧，知道内情的人都说这一做法对钟扬不公平。可那又有什么办法呢？作为教育工作者，钟美鸣都是身先士卒的。

"山重水复疑无路，柳暗花明又一村。"1979年，钟美鸣到湖北武汉去参加一个招生会议，巧遇中国科学技术大学的招生老师，详述了中国科技大学面向湖北招收中国科技大学少年班的信息。这对钟扬来说，是一个天大的好消息。父亲钟美鸣也难掩喜悦之情，这样一来就能让儿子没有遗憾，做父亲的又怎能不高兴呢。

1958年9月，中国科学技术大学顺应科学技术和教育两项指标应运而生，当时担任中国科学院院长的郭沫若被委以重任，成为中国科学技术大学的第一任校长。科大以理工科为主，学校旨在培养国家未来的高端科技人才。

中国科学技术大学少年班的声誉，在当时几乎不亚于清华、北大。最早提出要培养青少年优秀生的是李政道，但由于国情等原因，这一意见并未被采纳。1977年以后，这一意见被爱才的教育人士重新提起，这才有了如日中天的少年班。而中国科学技术大学少年班在1978年就已经招收了第一批学生。1978年3月8日，中国科技大学少年班的21名优秀少年成功入学。"神童"宁铂就是其中之一，这个十三岁便精通数理化、中医、围棋以及天文地理的小少年曾轰动一时，学校派出专人前去录取。据统计，到2018年，中国科学技术大学少年班就已办满31期，共有超过3970名的毕业生。其中很多毕业生分布在高校、科研机构和企业。

钟扬意识到自己有资格报考中国科学技术大学少年班，立时神情振奋，心心念念要考上少年班，为此付出再大的努力也是心甘情愿。钟扬上学从来不需要父母管教，有时候父母不在家，他就自己弄点吃的去学校，从来不在乎吃得好不好。对他来说，学习才是他离不开的"食粮"。

其实，"跃进班"的每个学生都顶着升学压力，但他们从未言弃，"十年寒窗苦读日"方换来"一举成名天下知"。这些"跃进班"的学生可谓是拼尽了全力。他们本身就是各个县最优秀的学生，智商和学习能力优于普通学生，而且他们下的苦功夫又是常人难及的。当时很多同学家庭条件都很艰苦，吃不饱穿不暖都是常态，很多寒门学生就是靠着学校补贴的8元奖学金度日。尽管到了冬天他们的手上脚上都是冻疮，但路灯下仍旧站着苦读的学生；夏天他们被蚊虫叮咬得都是包，但还是在教室里孜孜不倦地学习。最终，他们都走向了光明的道路，有了美好的前途。

1979年，十五岁的钟扬在湖北武汉参加了他人生中最重要的一次考试。

尽管准备得十分充足，但出了考场的钟扬神情沮丧，跟父亲说考入中国科技大学少年班无望了。父亲安慰了他许久。

钟扬是一个很有志气的孩子，他从不轻言放弃，回到住处，立马又重拾课本，心无旁骛地看了起来，力争下一年能考上。

时间匆匆逝去，这件事在钟扬的内心激起一个小波澜，但又很快平静了。出乎所有人意料的是，中国科技大学少年班的录取通知书发到了钟扬的手里，钟扬顺利进入中国科技大学第三期少年班。在与全省60名同学的竞争中，钟扬以初试排名第二的成绩遥遥领先。甚至钟美鸣的同事听说了这一喜讯，都想见见这位惊人的"小少年"。全家人在激动之余，还是理性地教导钟扬要保持低调，叮嘱他谦虚方能进步。另外，父亲还偷偷地告诉钟扬省招办主任的儿子这一次高考又落了榜。

钟扬对这件事印象极深，他回忆道：

"孙伯伯任省招生办公室主任和省教委主任十多年，他的儿子却一直未能上大学。我所经历的1979年高考，全省录取率不到4%，我所在班级80%的同学是农村户口，一半考上了北大、清华和科大。而除我外，参加高考的省地市招生办主任的孩子竟无一人上大学。"

"跃进班"的23名学生不负众望，均考入全国重点大学，其中有5人考入中国科学技术大学，4人考入北京大学，4人考入清华大学。与钟扬关系最好的黄梵，也考入了南京工学院，也就是现在的南京理工大学。

大学的锻造和历练

由于钟扬小的时候家庭条件不是很好，父母的生活负担又很重，钟扬很少能有自己的新衣服穿，衣服都是改了又改，穿了又穿。这一次去在安徽合肥办学的中国科技大学上大学，母亲王彩燕也是想着给儿子做一身新衣服。钟扬倒不在意，他认为只要有得穿就好，根本不在乎衣服是补的还是改的。

这件事王彩燕一直记挂着，但又买不起新布料，无奈之下，王彩燕只能找到家里仅剩的一块新布，将钟扬的裤子接了一截，虽说颜色对比鲜明，但这也是做母亲的所能尽的最大的努力了。由于钟扬的衣服都是拼接的，王彩燕就又想出来一个办法，将钟扬父亲钟美鸣的一身单衣改小给钟扬穿，这大概算是钟扬比较体面的一身衣服了。王彩燕担心钟扬因为衣服单薄会受寒，又请人给钟扬做了一件棉袄。这些准备妥当之后，行程在即。

中国科技大学在安徽合肥，尽管安徽与湖北接壤，但是在1979年，全国的交通还不是那么发达，从武汉到合肥，并不容易。9月12日，钟美鸣便带着儿子钟扬远赴合肥了。

路途上父子俩很辛苦，他们先要离开黄冈，之后到黄石坐轮船，渡江之后，再坐汽车。好不容易到了芜湖之后，再渡江，之后转乘汽车、火车最终才到达合肥。这一路下来，共用了三天的时间。但父子俩不辞辛劳，心中还涌动着兴奋与激动。

父亲钟美鸣带着钟扬报到时，是用扁担挑着麻包装的行李出现在大家面前，这在很多来自大城市的同学眼中，显得有些格格不入，很多同学们都觉得钟扬比较"土气"。

作为父亲，钟美鸣把自己工资的近一半都给钟扬当生活费，希望他在学校能够生活得好一些，不至于委屈自己。

中国科学技术大学少年班的学制是五年制，前三年不分专业，主要学习数学分析、数学物理方法、概率统计、普通物理、电磁学、经典力学、量子力学、电动力学、统计力学、普通化学、政治以及英语等这些课程，等到大三以后才开始让学生根据个人的志愿选择专业。

钟扬当时所在少年班的班主任是朱源，他认为少年班的学生的自学能力都很强，老师往往只起着点拨作用，学生自己就把课程学完了。这些学生对学习有着极强的自觉性并且能把握好未来的方向，因此他们的表现几乎都很优秀。

而理科本就是少年班的优质学科，文科相对较好的钟扬很难在少年班崭露头角。况且少年班的同学都是"怪才"，个个都"身怀绝技"。

钟扬当时的班里有个同学叫黄茂芳，考中科大的试卷，她的物理能考一百分。她虽然从没接触过英语，但后来英语考试也都考过了。像这样的同学，在钟扬身边比比皆是。他无形中感到了一种压力，这种压力让他产生了失落感甚至挫败感。这种压力非常大，甚至一度使他产生了"逃跑"的念头。

那天，钟美鸣刚从外地出差回家，一进门就看到了钟扬，他一下子很着急。因为学校既没放假，又不是周末，加上钟扬进入少年班后成绩一直不是很理想，如果再耽误了课程就更难追上。钟扬没有打声招呼便独自跑回家，这让钟美鸣很是恼火。教子心切的钟美鸣连原因都没询问，当即将钟扬赶回了学校。

在回学校的汽车上，钟扬思考了很多。

钟扬在去中国科学技术大学读书前，就曾去了好友黄梵所在的南京理工大学。这也开始了他们相伴一生的友谊。他们上大学后经常书信往来，将学习生活的点点滴滴倾诉给对方。

1979年9月25日，钟扬给黄梵写了第一封信，将学校的住宿、图书馆借书、校园电影、学习课程以及合肥到南京的路费情况都详细述之。

但他们同样喜欢"报喜"不"报忧"。这就跟在外地工作的人一样，无论遇到什么事，给家里人打电话时，也总是会说"一切安好"。但他们只要一见面，话匣子里也难免会装着各自的精神挫折之类的事情。而在信里，更多的是相互勉励：

曼曲（黄梵乳名）：你好！

来信及钱都已收到，放心好了。

你我近况都好。你们学习不是很紧张，正好可以多搞点"自留地"。最近，我们班在学习《解析几何》（马上接着就是《多元微积分》），因为我们班同学都是靠自学起家的，所以老师就让我们采取互教互学的形式，每一段由一个同学讲（这有点类似研究生所采取的"讨论班"的方式）。我想这会加深我们对知识的理解，当然，功课不会太紧，老师管得松，只是作业太多，课外要多花一些时间才能完成。

的确，到了大学，要靠自觉。我现在对学习的认识提高了，要干一番事，非下苦功不可。正是"不经一番寒窗苦，哪得蜡梅放清香"，我们不都是经过几年寒窗苦读，才有了今天么？但是，比起别的优秀的同学来说，我们还相差很远。就说科大吧，七八级有个学生去年就跳几级考上了研究生，像这样的还有好几个，他们都是在中学期间就自学完了大学课程。七九级有的同学不光要考研究生，而且还要考国外大学的研究生，很有雄心壮志。就说我上次讲的那个同学，给我们介绍过经验，他也是跳级的（办少年班也有这个意思，希望我们班同学能以优异的成绩提前结业）。科大实行学分制，完全允许成绩优异的同学提前学完大学课程。七九级也有一个同学就去听了研究生的课，等于节省了大学五年时间。我们简直没法比。

关于外语的学习，你的经验丰富，相信你能取得很好的成绩。特别是发音要注意一下，力争标准化。如有可能可听听日语广播，要克服语言后遗症。英语原版书，你若认为好，可以看看，当然要克服盲目性。

童唯群、欧阳旭是准备出国去西德的。他们正在同济大学学习，可能明年出国，耿伍进也在那里。唯群来信说他们的生活条件都很好（刘少奇的女儿也是跟他们一批的），他们真是幸福。

李云帆同学那里你已去信，我放心，只是《电磁学》是伯克利物理教程，你要写清楚，他是学文科的，不要弄错了。当然你是细心的人，我想问题不大。

现在我们的学习条件好了，大概每个班安装一个电视机，可能我们班要安装。科大电视台每天都播节目，最近有《Mary in Peking》等。以后条件会慢慢好的。

好了，就写到这里。信要赶紧发给你，以免你着急。

我是第一次听说你有一个乳名叫曼曲，像个女性的名字，大概你们家很早就把你当女孩子看待了吧，我小时候也有人把我当女孩子看。

祝身体健康
学习进步！

扬子
1980年3月26日草于科大

有时，钟扬也会到黄梵所在的大学，他们谈天说地，往往在操场上一走就是四五个小时。钟扬曾对黄梵说他会对着镜子练习怎样说话，不断调整自己的神态、语气，目的就是做好当老师的准备。到钟扬后来当了老师，这个习惯一直保持着。钟扬每次演讲前，都会对着镜子，反复练习九遍才肯罢休。

钟扬想当老师，还有一些渊源。

钟扬的父亲钟美鸣原来也是教师，毕业分配到中学讲课，但却因为不太会讲普通话，只能用方言给同学上课，以至于很多学生听不懂这位老师在讲什么。所以短短几个月时间，钟美鸣就被小学生"赶"下了讲台，结束了给学生讲课的教师生涯。后来才到黄冈教育局做起了行政工作。

钟扬很小就听说了父亲的这段经历，这段过往不仅没有让钟扬替父亲感到羞愧，反而更加激发了钟扬想当教师的这一志愿。

把普通话讲好，当个好老师，一直是钟扬的梦想。

除此之外，钟扬的兴趣爱好非常广泛：打篮球、踢足球、打羽毛球、滑雪等等。每一样他都能玩得得心应手。从大二开始，钟扬开始花大量时间，去学习社会科学的知识，比如人才学。同时，他还在自学日语。闲暇时，他也热爱集邮、打桥牌和画漫画。但最让他感兴趣的莫过于文学了，文学给他紧张的学习生活带来的更多的是自由的慰藉。

　　这一爱好，是钟扬的执着，钟扬的父母并没有过多干涉。钟扬知道对自己而言，什么是重要的，什么是不重要的，他有自己独立思考的方式。相反，和钟扬同在少年班的高飞也因为考试不理想，转而对文学生出了别样的爱好。通过文学他们可以释放心中的压力，这不得不说是一条很好的减压渠道。但是高飞的父母认为这不是一条正路，也因为他过于听从父母的话，没有主见，反倒离自己的本心越来越远。

　　钟扬经常在信中和黄梵谈论读书的情况。他们看的书基本相同，但也有些差异。黄梵对歌德很是崇拜，但钟扬认为德国的学者训诫人的成分偏多。对于赫尔曼·黑塞和茨威格的作品，最让钟扬感兴趣的是心理描写，而他对杰克·伦敦的《马丁·伊登》推崇备至。

　　因为喜欢文学，钟扬将他讲故事的才能带到了大学。在理科氛围弥漫着整个校园的环境下，钟扬给同学们讲的文学故事无疑是一股清泉。同学们都很喜欢听钟扬讲故事，只要钟扬一开口，他们都默契地围着钟扬，生怕听漏了一个字。在学生普遍优秀的少年班，钟扬的优秀还是有些特别的。

　　1980年，钟扬十六岁。这一年，钟扬和少年班的一个同学，也是他的舍友冯珑珑，经常泡在图书馆里，他们甚至一起合写了15000字的美学论文。虽然天寒地冻，但他们都充满着极大的热情，在课业十分紧张的间隙，完成了这篇论文。对此，钟扬还专门去信告知黄梵关于他对这篇科学论文的感想。

冯珑珑提前两年考取了研究生。离别之际，他和钟扬一起去爬了黄山，作为最后的告别，这次旅行也让冯珑珑记忆犹新。

1981年4月，钟扬担任中国科学技术大学团委第五届委员会委员。也是在1981年，十七岁的钟扬开始在中国科技大学校报上发表诗歌，每篇稿费2元至4元不等，钟扬平生第一次拿稿费就是源于此。后来，钟扬又陆陆续续发了不少文章，最高一次稿酬拿到了10元。这也让钟扬的同学羡慕不已。

但是钟扬拿到稿费后也毫不吝啬，经常在拿了稿费后请同学们美餐一顿。钟扬的好人缘儿就源自他身上的某一种魅力，不只是谈吐，更多的是行胜于言。

最让好友黄梵印象深刻的是，他的舍友听过很多关于钟扬的事迹，在没见钟扬本人之前，黄梵的舍友对钟扬这个理科生的印象就是讷于言，敏于行，但直到见了钟扬本人，才发现不然。黄梵当时共有15个舍友，他们都不服气一个理科生居然能有如此出色的辩论口才，于是他们轮番上阵与钟扬辩论，结果最后都相继败下阵来。从此他们对钟扬是心服口服。

钟扬身上有一股不服输的劲。

这种劲还表现在参加学校的体育活动上。为了不让少年班输掉比赛，钟扬可谓拼尽全力，最终获得了优异的成绩。而这种性格，很大一部分遗传自她的母亲王彩燕。

钟扬的母亲王彩燕，是黄冈中学的化学老师。她曾经因为身体不好，每天到操场上去长跑，原来身体的很多疾病，在长期坚持长跑中也慢慢好转了。她这种毅力曾鼓舞不少学生，钟扬身上，就有他母亲的影子。

学术眼光初露峥嵘

1982年，钟扬十八岁。选专业的时候终于到了，这也让钟扬陷入了沉思。对于这个偏文科的学生来说，学理科毕竟是一件难熬的事情。钟扬别无他选，最终选择了理科中的文科"无线电专业"，因而从少年班转到信息与系统专业。

与此同时，钟扬依旧在社会科学和文学方面投入了很多精力，足以见得钟扬选择"无线电专业"的无可奈何。但是精力过于分散，各种探索都得不到成效，令这个各方面都很出色的男孩儿陷入了情绪的低迷期。

此时好友黄梵的来信，警醒了钟扬，支撑着他慢慢走了出来，也逐渐对无线电专业上了心。他在给黄梵的回信中说：

> 你的来信，我看了很多遍了。（甚至从后到前）你的结尾是"祝你愉快"——可是，我能够愉快么?! 你的话语直爽，态度严峻，使我不得不次次按捺住不平静的心情，读着，读着……是的，正如你信中所说的，我变了。一个最重要的问题是："不求上进，得过且过。"说老实话，愈是在上游的时候，或是在下游的时候，反而能够进取，而在中游的时候就老想安居了，直到有一天又变成下游。我很痛心，印证了董老的话："逆水行舟用力撑，一篙松劲退千寻。"——我这松劲的一篙在什么时候，什么地方呢？我在反省着……进大学后，我变"油"了，什么事都不在乎，大概这是以前一路顺风得意的缘故，如此看来，"路漫漫其修远兮"，不得

不"上下而求索"了！我多么希望我们将来再有机会交谈，推心置腹地交谈！

——钟扬 1982 年 9 月给黄梵的信（节选）

此后，钟扬又恢复了之前的刻苦努力的精神状态，努力钻研现在的专业。虽然也会有怀疑，但钟扬眼里更多的是对未来方向的一种探索与渴求。

越是对无线电电子学深入了解，钟扬越是能得到一种乐趣。无线电电子学由无线电和电子学共同组成，这种学科的交融，恰好符合钟扬身上那种不服输、爱钻研的倔劲儿。这为钟扬后来将所学专业应用到生物学、生态学领域，奠定了良好的基础。

同样对自己专业感到迷茫的还有钟扬的高中同学高扬，他读的是中国科学技术大学的力学系流体力学专业。他得知钟扬在六系，就想了解一些专业上的建议，转到六系。和钟扬交谈一番后，他豁然开朗，听取钟扬的建议去做了新兴科学。可见，在当时，钟扬的学术眼光就很有前瞻性。

1983 年至 1984 年 7 月，钟扬兼任了无线电电子学系团支部副书记一职。

读大五这一年，在发表文章的同时，钟扬计划着报考华中工学院，也就是现在的华中科技大学葛果行教授的研究生。班里的其他同学也都在积极备考，考研究生对他们来说，算是不二之选。而这一次，钟扬落榜了，这对他来说是一个不小的打击。

对此，钟扬的中学同学黄濛回忆说：

"钟扬考研究生这件事，我是后来才知道的。他报的是我所在的学校西军电，因为以前是军工院校，比如我们第一任校长是中将，也因为钟扬是外校的，所以很难考上。外校就连北大、清华的学生，也很难考上。因为我校有很多专业，并且以前是军工院校，所以从内容到教学方法，都有自己的一套，包括那些名词，连叫法都不一样。外校生一般很难理解，所以很难考上。这对钟扬也是一个打击。"

1984年7月7日，十八岁的钟扬从中国科学技术大学毕业，获得无线电电子学工学学士学位。同年8月，钟扬进入中国科学院武汉植物研究所工作，以研究实习员的身份在所内搞研究创新工作。

第二章 在武汉植物研究所的日子

初到武汉植物研究所

武汉植物研究所的前身是 1958 年 1 月创办的中国科学院武汉植物园,首任主任是陈封怀。

陈封怀是中国植物园创始人之一。陈封怀祖籍江西省修水县,曾祖父陈宝箴,被曾国藩称为"海内奇士",曾任湖南巡抚,提倡振兴,与谭嗣同、梁启超等创设时务学堂、算学堂、湘报馆、南学会、武备学堂等;祖父陈三立,进士,授吏部主事,"戊戌变法"后与父同时被革职,后潜心诗文,为同光体诗派代表人物,近代江西诗派的领袖;父亲陈衡恪,曾东渡日本留学,为民初国画大师,著有《中国绘画史》等。

陈封怀曾就读于金陵大学、东南大学,1934 年考入英国爱丁堡皇家植物园,1936 年归国,历任庐山植物园主任、中正大学园艺系教授、江西省农业科学研究所副所长、中国科学院南京中山植物园副主任、武汉植物园主任、华南植物园主任、华南植物研究所所长等职。他为武汉植物所的工作打下了良好的基础。

当时的武汉植物研究所交通条件并不是很便利,每隔一个小时才有一辆 59 路公交车开往市区，晚上七点之后，就再无公交车光临。好在武汉植物所风景优美，又坐落在东湖之滨，和著名学府武汉大学遥遥相对。幽静的环境远离了尘世的喧嚣，正是搞研究的好地方，这才稍稍安抚了初到这里的研究员们。

钟扬学的是无线电电子学专业，来到植物研究所工作让他觉得和自己的专业有些"不对口"。当时，中国科学院下属研究生物学方面的十几个研究所都配备了计算机，而全国上下，懂计算机的人才又很稀缺。钟扬这一批和计算机专业挂钩的大学毕业生就被引进到各个研究所，以发挥他们的作用。

这让少年就已"成名"的钟扬有些心意难平。从儿时的天才尽显到考上中国科学大学少年班，事事都很精通的钟扬眼光不止于此，他的才能仿佛受到了压制。他那颗想继续考研深造的心一直都没有变过，他认为，在武汉植物所的日子是个沉淀的过程。

和钟扬有着同样想法的不止一人。钟扬的夫人张晓艳回忆说：

"当年我们有三个人到武汉植物所报到，当时是先住在招待所。在去招待所的路上，第一次碰到钟扬和另外一个已经分配过来的人，那人是学日语的。后来，因为大家的家都不在武汉，基本上吃啊住啊玩啊，都在单位里头。我们住的地方，也在植物所的园子里，所以，很快也就都彼此熟悉了。同时因为我是女生，学日语的也是女生。我觉得当时其实大家都想离开武汉植物所，至少我是特别不安心的，离家特别远。他刚分到武汉植物所，说是维护植物所的电脑系统，其实系统根本就谈不上，只有一台很土的电脑。说老实话，那个时候我们都不稳定，我家在西安，我因为毕业以后没有分到西安，就老打算着回西安。他肯定也不甘心只是维护电脑，不甘于在植物所就做那事，在找机会，就会有很多思考。那时，所里陆续分配来的外地大学生比较多，大家都不稳定，植物所的条件也不好，交通又不便，一个小时一班车，下午五点钟就没车了，等于跟在农村没太大差别。"

张晓艳毕业于北京林业大学园林植物专业。由于张晓艳的家在陕西西安，所以在还未毕业时，她的工作方向就已经确定——回家乡到父母身边。张晓艳的系主任这个想法得知，很是为她惋惜。西安能给张晓艳提供工作的，是一个基层的几乎无科研条件的单位，而张晓艳自身的科研能力又很强，去这样一个单位，国家不仅会少一名科研人员，对张晓艳来说，也很难施展身手。系主任就将武汉植物研究所——中国植物研究的重镇，推荐给张晓艳。张晓艳虽然还是有些动摇，但为了不辜负学校的器重之情，最后还是选择去了武汉植物研究所。

时任武汉植物研究所所长的胡鸿钧，将初来这里的研究员的情绪都看在眼里。他担心人才留不住，这对研究所来说，是一个大难题。而钟扬所展现的才能，正是胡鸿钧所欣赏的。如若能留下这个人才，日后定能有所作为。

胡鸿钧找到钟扬，和他促膝长谈。在听了钟扬肯留在植物研究所工作的担保后，胡鸿钧一颗悬着的心算是落了下来。

钟扬有出了名的好文笔好口才，1984年11月至1985年12月，他担任了中国科学院武汉植物研究所团总支宣传委员一职。植物所有自己的刊物《武汉植物学研究》，这本刊物的排版印刷，钟扬都要亲力亲为，力求做到最好。不管是设计图案，还是设计文化衫，他都颇富创意，给人眼前一亮之感。

除此之外，他还调动所里的年轻人，在工作之余打排球，增添一些生活上的乐趣。有时候，他还会在同事们工作疲劳时，教大家打桥牌。说相声、讲故事更是他的拿手好戏。所里的同事都被钟扬身上的热情和活力所感染，工作氛围也变得轻松起来。

所里有个年轻人叫王有为，有音乐特长，会作曲，而钟扬会作词，他们经常合作完成一首歌的创作。虽然钟扬唱歌被王有为调侃有些"五音不全"，但他丝毫不在意。甚至在出国回来后，还给王有为带了音乐磁带。这件事令王有为至今感动不已。

钟扬在植物所里也没放弃他的爱好。利用业余时间，撰写了《要做时间的主人》一文，收入由许春耘编著的《少年大学生谈学习》一书，1984年12月由安徽少年儿童出版社出版。

钟扬并不甘心只掌握一些电子学方面的知识，于他而言，这在植物研究所里并无太大用武之地。而同时来植物所的还有两个人，一个是来自北京林业大学的张晓艳，负责植物研究；还有一个是日语学专业的同学，在图书情报室。这三人中，专业最对口的莫过于张晓艳了。冥冥之中，钟扬接触植物学，便有了一个现成的人选，这也是他们缘分的开始。

张晓艳来到植物研究所后，分到主要研究荷花的课题组，组长是黄国振。而素有"千湖之省"的湖北，荷花种植条件得天独厚，这给张晓艳研究荷花提供了很大的便利。每天，张晓艳的工作就是研究荷花的品种，以及荷花的这一品种是由哪两个品种杂交的，区分差异性，记录数据，并把它们进行分类。

不仅如此，植物所还交代给张晓艳一个任务——带领钟扬进入植物学的大门。自此，钟扬就跟着张晓艳学习一些植物学方面的知识。钟扬看到张晓艳总是翻一些植物学的书，他自己又对植物学生出了许多的兴趣，就提出了将信息学与植物学进行交叉研究的建议。

钟扬看到张晓艳在进行荷花分类时工作比较烦琐：传统的分类，就像检索表，是按某一个特征定类别，先分成两类，然后再往下分。如果一开始就错了，那后面的正确率就打折扣了。

钟扬觉得可以用数量分类的方法，以避免一些人为因素的差错。有的是数量性状，比如，花的直径大小，它是一个数量性的；有的是定性的，就用1和0来表示。

一开始钟扬认为这是可以用计算机做的。张晓艳就把人工测量的数据送到钟扬所在的计算机室进行比较分析。开始做的时候，他们感觉并不是很好，做出来的结果也不太对，后来张晓艳发现，钟扬用计算机运算所出现的问题是因为钟扬对植物的理解不够。

对此，张晓艳回忆道：

"就是说它的这个性状，比如杆的长和短，可能差好几十米，但这个并不是特别重要。花的性状与叶和茎等营养器官的差别相比，权重会大一些。所以，这要加多少权重呢？这就涉及如何理解它定性的形状。虽然0和1只差1，那个高度差别可能一个是120，一个是85，表面上差了那么多，但哪个应该权重更大呢？另外这个数据和那个数据也不一样，数据的本身所反映的性质是不一样的。所以，后来我就说，你这个理解不行。因为他就是根据我们以前采样的数据来做的，我采完了交给他，他就不太理解那个数据是怎么回事。"

钟扬找资料的时候发现，这个学科在当时是比较新的，因此他慢慢开始做比较研究。但研究必须建立在实践的基础上，张晓艳提醒钟扬，每一个数据背后，是一个活生生的生命，而不是一个冷冰冰的数字。后来张晓燕要求钟扬清晨和她一起去采集荷花的各项数据，就这样，钟扬逐步对数据背后的意义有了深入的理解，再做出来的模型就会好很多。

1985年9月，钟扬与张晓艳合作撰写了第一篇科研论文《荷花品种的数量分类研究》，于1987年发表于《武汉植物学研究》第5卷第1期。这是钟扬科研生涯中的第一篇论文，也是中国将数学分类法应用于植物学中的一个先例，为荷花分类研究提供了极大的便利。1988年，这篇论文获得了湖北省优秀论文奖。

同时，钟扬担任了湖北省植物学会秘书。秘书这个工作很繁杂，但钟扬却做得很好，深得领导和同事的信任。他很喜欢和人打交道，再繁难的人际关系，在他这里，都变得简单而又轻松。

湖北省植物学会召开代表大会暨学术会议，钟扬作为青年代表之一作大会报告，并被推荐参加全国植物学代表大会。同年9月，钟扬、刘家清撰写的《人才管理的系统分析——兼论滚动的作用》在昆明中国科学院第五次科研管理学术讨论会上宣读。

1985年11月，钟扬、刘家清撰写的《浅析青年科技人才的流动问题》在广州科学院首届青年工作研讨会上进行交流。

有了心仪的对象

钟扬在和植物的亲密接触中，渐渐爱上了这一专业。尤其是在研究所里看到了关于猕猴桃的资料后，对植物的研究热情更是大增。而猕猴桃这一种质资源，也是武汉植物研究所的重点研究项目。

钟扬翻阅了大量的资料后发现，是1904年一位新西兰女教师从中国湖北宜昌市夷陵区雾渡河镇带走20多根野生猕猴桃枝条，回到她自己国家后便培植这一植物，并最终培育成功。猕猴桃含有丰富的维生素，可以补充人体缺乏的维生素，因此受到全世界人民的喜爱。而新西兰就是凭借从中国带回去的这一种质资源，培植出了猕猴桃，并售往世界各地。钟扬由此注意到我国对植物物种的不重视，同时更加坚定了他将要下大力气研究植物学的决心。后来钟扬在出席新西兰国家生物资源会议时，他还特地声明猕猴桃这一种质资源出自中国。

1986年5月，二十二岁的钟扬撰写的《协同理论及其在生态学中的应用》在武汉全国首届数理生态学学术讨论会上进行交流。同时，钟扬开始在刊物上大量发表论文，比如：钟扬、何芳良撰写的《植物群落演替过程的预测模型》刊登于《预测》1986年第6期；钟扬、张晓艳撰写的《荷花品种的模糊聚类分析》刊登于《华中农业大学学报》第5卷第4期；钟扬撰写的《电子计算机在植物学中的应用》发表于《武汉植物学研究》第4卷第3期，该文曾在1986年召开的湖北省暨武汉市植物学会学术年会上宣读。

自此，钟扬的生物学研究开始走向正轨，同时，他与张晓艳的感情也在慢慢升温。当时，北京的中科院植物研究所有一个基金课题项目，需要进行合作研究，武汉植物研究所就派张晓艳前去参加。而上海也需要张晓艳前去参与工作，自此，张晓艳就奔波于北京植物研究所和上海植生所，在武汉的时间很短。也是在1986年，钟扬去武汉大学旁听生物学相关的课程。

张晓艳属于古典型美女，当时植物所里追求张晓艳的人不在少数。钟扬意识到要与张晓艳暂别一段时间，就经常跟张晓艳书信往来。也是在这时，他开始展开了对张晓艳的追求。

据张晓艳回忆：

"那时候，我和他差不多两三天就通一封信，当时我在上海植生所，来信都放在门卫室，门卫室有个玻璃窗户，所以那些来信放在那里，一目了然。因为钟扬写给我的信特别多，那个门卫就知道了我。有一次，我原来大学的系主任陈俊宇老师——他也是第一个工程院院士，他一直很关心我的成长，当年分配的时候，也是他把我分到武汉植物所的。他大概到上海来写书什么的，不知道他从哪儿听说我在上海，但不知道我具体在哪个单位，只知道在中科院系统——但中科院在上海有很多研究所。他当时都七十岁了，他就和他夫人挨个到研究所去找，去问。他前面已经问过好几个所了,如细胞所、生化所、有机所等,结果问到我所在的单位时,门卫马上说他知道这个人,说她就在我们这里。陈老师就是这样找到我的,就因为钟扬写给我的信特别多,给门卫留下了深刻印象。"

钟扬在上学期间没有谈过恋爱,也是因为年纪比较小。当时喜欢钟扬的也大有人在。有一次,在长江文艺出版社当编辑的一个女同学托黄梵联系钟扬,请求黄梵帮她跟钟扬牵个线。黄梵不知如何做恋爱的思想工作,只得给钟扬写信,告知了这一情况。但钟扬立马回绝了那个女同学的好意。之后,女同学还想确定一下钟扬的心意,去武汉植物研究所找钟扬,并给他带了一些自己编的文学书籍。但看到钟扬身边已经有张晓艳的陪伴了,也就断了这个念头。

或许是吃了钟扬的"闭门羹",女同学打算出国。得知这个消息以后,钟扬还是约好友黄梵一起,给这个女同学饯了行。

后来张晓艳还收到了这位女同学的来信,信中说:

> 首先为你祝福,祝福你遇到了能给你带来幸福和爱的真诚朋友、知音。同时,你对他的爱也能被他所接受,这就足够了。你们会很幸福。当然,你碰到了一些矛盾,比如不能和父母在一起共享天伦之乐,虽然我没碰到过这些问题,但我认为你的选择是对的,真正的爱能战胜一切……

这也让张晓艳下定了和钟扬结婚的决心。

虽然不需要回到西安和父母住在一起,但他们还是遇到了来自家庭的一些阻力。关于这一点,钟扬给中科大少年班同学的信中有所提及:

珑珑：您好！

中秋节一过就收到您的来信，得知近况。

近一个月忙碌不堪，把一篇文章完成后，寄交《园艺学报》。然后是组织一个大型峰会及团的工作琐事。现在总算告一段落了，准备好好休息几天。

克迪赴京前给我一信，告不能在汉逗留，甚是惋惜，当然以后机会尚多。您在京开会期间已见过他，我似乎也在电视新闻中看到过这次会议的消息，一定收获不小吧。出国之事，目前我认识的几个人也有些不顺，政策及其他原因所致，只能再等机会，您说是吗？

我近来于生活及个人方面有点无暇他顾。小张现在上海（植物生理所）工作，只能靠来鸿去雁，另外，至今我们与家长方面都在僵持。另一方面，我们所正在评定职称，我已越级申报助研，不知分院及所方能否破格。在这点上，我记得您曾说过：拼命地干活，出东西，往领导面前一放，看他怎么办，的确如此！去年至今，已写成十余篇东西，据评有几篇略有份量，在申报助研人中尚属领先。但在中国对事不可期望太高，这也是毕业以后屡次碰壁而得到的一定教训，无论这件事是否成功，对我明年原定的考研究生计划都是一个"否定"。

很希望今年还有机会到江浙一趟。您还有机会过来吗？此时正是桂花飘香季节，这番景象真是令人陶醉其中……如有适合的机会，就请人给您家带瓶桂花籽。

顺致

研安！

钟扬

1986.9.20. 武汉

钟扬有了心仪的对象，他很快带着张晓艳到南京去找好友黄梵，向黄梵借了两辆自行车出游。黄梵问钟扬为何钟情于张晓艳，钟扬认为，张晓艳不仅漂亮，而且热爱科研、事业心重，心思又很单纯，这样的女孩儿，对他来说，有着强烈的吸引力。

家庭事业两不误

钟扬的恋爱结出了硕果，他的学术研究也是蒸蒸日上。

由于科研工作的杰出成就，1986年底，钟扬在中国武汉植物研究所破格获批助理研究员的职称。同时，钟扬带领研究所的工作人员成立了水生植物室，把计算机技术应用到植物学的分类研究中，张晓艳也到了水生植物室，协同钟扬一起做研究。

这一时期，钟扬的研究成果不断：

他撰写的《计算机辅助三维重建技术及其应用》（摘要）入编中国科学院武汉分院首届青年生物学工作者学术讨论会《论文摘要汇编》；

和黄德世、马建新合作撰写的《研究所效益及若干环境因素的数量分析》在武汉中国科学院第7次科研管理学术讨论会上交流，并编入讨论会论文集；

独立撰写的《相聚在武汉》发表于《中国科大校友通讯》1987年第4期第2版；

和张晓艳合作撰写的《荷花品种的数量分类研究》刊登于《武汉植物学研究》1987年第5卷第1期，该文还获得了1988年湖北省优秀论文奖；

1987年，钟扬参加了湖北植物学会、中国植物学会；

1988年2月，钟扬撰写的《缩短无成果的学习阶段——介绍〈科学研究的艺术〉和〈发现的种子〉》发表于《书刊导报》1988年2月25日第2版。

同时，钟扬也没有耽误自己的生物学课程的学习。他在武汉大学旁听了陈家宽的《普通生态学》，当时陈家宽刚到武汉大学，在读博士。而钟扬这一听就是两年。

陈家宽是武汉大学的生物学、生态学教授，他对钟扬这位"旁听生"印象极深，而且两人很谈得来。并且，陈家宽的博士论文，就是和钟扬一起合作的。冬天冷，陈家宽就跟钟扬待在植物所的招待所里，裹着棉絮做研究。陈家宽博士论文的计算、系统发育学的研究、数据分析，都是在武汉植物研究所完成的。

钟扬学习十分认真，记性好，又爱钻研，因此很快就掌握了植物学的相关知识，在认植物方面也超过了科班出身的张晓艳。

1988年3月，二十三岁的钟扬与张晓艳在武汉登记结婚。

说起来，这里面还有一个小插曲。在开结婚证明的时候，钟扬采取的是先斩后奏的方式。据张晓艳回忆：

"我那时再从上海回到武汉植物所的时候，他这边已经把结婚证明开了。我还在云里雾里，还不知道怎么回事，他已经办完了。他说，'办完事了，我们好安心做科研。'这种大事双方应该都考虑下，但他不这样理解，他想的是，我肯定会这样的。我说，'也不对呀，这证明应该是我自己开，你怎么帮我开了？'他的理由是，他代我开完证明，我就不用牵挂此事了，我们结婚以后，就可以安心做事了。我当时确实顾虑比较多，是因为我在家也是独生女，考虑到以后负担比较重；再一个，当时我天天想着回家，因为我爸我妈当时在西安。他老是说我成熟得特别晚，说我也没有那种雄心壮志，而是随遇而安的，没有特别多的想法，比较简单。我当时也说，'我们都是独子，父母将来年龄大了，以后的负担太重了。'他说，'你幸亏是嫁到我们家来了，看我爸妈对你多好，把你当女儿一样。你要是到别的人家，还有好多妯娌，或者小姑子，你根本搞不定的。'我说，'我又不跟人家计较，又不跟人家生气，还会有什么？'他说，'你不跟人家计较，人家要跟你计较，还不够你麻烦的吗？'"

因为武汉植物所不缺房子，钟扬和张晓艳一结婚，植物所就分了一套房子给他们。钟扬和张晓艳的喜糖，令武汉植物所的科研人员的印象很深。那个时代比较俭朴，喜糖一般都是装在一个塑料袋内，用订书机钉起来，每人送一包。而他们是用订书机把两袋钉在一起，每人送两包喜糖。因为他们就是看重大家的交情，想让每个人都感受到他们的喜悦之情。

钟扬父亲钟美鸣，原来在黄冈地区教育局工作，由于工作变动，调到了武汉，自此，钟扬父母就一直住在了武汉。钟扬和张晓艳结婚后，能经常回去看望他们的父母。但张晓艳比钟扬回去得更为频繁，她和婆婆王彩燕的关系非常好，她说：

"钟扬还在武汉植物所的时候，就经常不回家，待在所里头。他爸他妈周末打电话，希望我们周末回去，他就让我回去做个代表。他也不常回去，还是我回去得多一些。钟扬父母跟我父母也没有任何隔膜，这在很多家庭中比较少见，可能价值观都比较一致，都比较好说话。我爸我妈以前跟他爸他妈也在一起待过，而且他爸他妈特别希望我爸我妈跟他们待在一起。这是很少见的。"

钟美鸣和王彩燕将张晓艳看作自己的亲生女儿般，很是疼爱。

钟扬对待科研非常认真。钟扬从事的领域叫植物数量分类，他正是和张晓艳合作研究以后，通过查阅大量资料，才意识到这个领域可以成为他的一项事业。当时介入这项研究的人很少，是一个很新的领域。国内没有人研究，是个空白。所以，他的第一本书《数量分类学》，就是填补这一空白的。

钟扬写这本书的时候，他和张晓艳刚结婚，有一套两居室的房子，其中一个房间，满地都是他写的稿纸。那时都是用手写的，最多可以用复写纸复写一下。如果这篇写错了字，或有个什么错误，那给出版社的稿子就得重抄一遍。后来，光糨糊就用了不少，有时张晓艳也帮他粘一粘——就是抠一个洞，然后粘一个字上去。手改是没有问题的，但是不能乱。稿纸写得满满当当的，常没地方改，满满的一大节只能从中间加进去一条。有时一个字写错了，他们就剪一个方格贴上去。

　　在这块学术领地，钟扬那时做得很好。二十多岁的年纪，基本上在国内这个领域开辟了一个新天地。

学术科研大发展

　　在接下来的日子里，钟扬和研究所的同事们合作撰写了大量的研究论文，主要是用计算机技术来给植物进行分类研究，其中包括：《生态系统演替过程的数学模型》《图论中国慈姑属数量在分类研究中的应用》《植物栽培区划的模糊数学模型——以橄榄油为例》《植物生殖的定量细胞学研究进展》《荷花品种综合评选的数学模型》《湖北樟属的数量化学分类研究》《中国慈姑的数量分类研究》《居群间性状受异的谱分析模型》《计算机辅助三维重建技术及其应用》等重要文章。

　　这一时期，因为科研需要，学术能力突出，钟扬也参加了不少学术会议：

　　1988年，钟扬担任了湖北植物学会常务副理事长，他与合作者何芳良出席了沈阳应用生态所组织的"青年生物数学"会议；

1989年4月8日，钟扬出席了在中国科学院武汉植物研究所召开的武汉市植物学会1989年学术年会；

同年10月，钟扬、陈家宽、邹洪才、李伟等撰写的《中国慈姑属系统发育的研究（英文摘要）》入编日本京都第4届国际植物物种生物学术讨论会论文集；同时，H. T. Clifford、钟扬撰写的《浸水条件下禾本科种子发芽力的分类学意义》发表于《种子杂志》1989年第5期。

鉴于钟扬出色的研究成绩，这一年，他获湖北省"新长征突击手标兵"称号。

1990年4月26日，二十六岁的钟扬向党组织递交了入党申请书；9月，赴苏联科学院遗传研究所访问。此后，钟扬便陆陆续续参加过好几次出国访问交流。

10月，钟扬和陈家宽、黄德世编写的《数量分类的方法与程序》由武汉大学出版社出版。该书是介绍数量分类学方法的入门书，主要内容为数量分类的基本概念和常用方法，例如系统聚类、图论聚类、主要成分分析以及一些正在发展中的方法，如模糊聚类和数量分值分析等。这是钟扬在数量分类上取得的有益成果，也是中国植物学研究中推广最早的原创著作。这对当时进行植物研究的科研人员来说，非常适用。

这一年，钟扬与他人合作发表了三篇论文，分别是《睡莲目的数量分支分类学研究》《世界慈姑属植物的数量分类研究》《计算机辅助分支分析：方法和程序》。大量的研究成果，使得钟扬被中国植物学会授予"优秀青年植物学工作者"称号。

钟扬与张晓艳在研究中取得一定成果的同时，他并未忘记给妻子张晓艳制造一些浪漫。有一次，张晓艳过生日，正好赶上了圣诞节。而钟扬这时正在北京出差，钟扬就突然跟张晓艳说让她订张票来北京。张晓艳很疑惑，还以为出了什么事。但到了之后才发现，钟扬已经订了一个涉外宾馆，还带着张晓艳去吃了一顿"大餐"——汉堡。国内当时是不过圣诞节的，但他们在涉外的一些场合中，感受到了圣诞节的气氛。这让张晓艳感到新鲜的同时也很感动。这个看似外表粗犷的男人，实有细腻的内心。

不仅如此，钟扬在自身成长的同时，也注重培植新人，这也与结缘于武汉大学的陈家宽有关。陈家宽在武汉植物研究所里做相关研究，钟扬在协助的同时，还有一个小助手就是李伟。李伟学的是生态学专业，通过陈家宽的引荐，结识了钟扬。钟扬对其影响非常大。李伟的本科论文、硕士论文都是在钟扬的帮助下完成的。他本人对钟扬十分钦佩，他认为，一个不是"科班"出身的人，对生物学竟有如此独到深刻的见解，并能将学科交叉运用，是很了不起的。这无疑让这个年轻人愿意留在钟扬身边跟随学习。所以，李伟一毕业，就选择了武汉植物研究所。在研究所工作期间，李伟与钟扬、陈家宽合作研究出了不少成果。不只是陈家宽和李伟，武汉大学孙祥钟的团队都与钟扬有着密切的合作，这与钟扬自身对科学的敏锐和热情有关，更与钟扬掌握的先进的分类方法密不可分。

1991年，钟扬相继与陈家宽、孙祥钟、何景彪、黄德世等人合作发表了多篇论文，包括《海菜花属的分支学研究》和《矮慈姑居群的数量分类研究》等。《海菜花属的分支学研究》后来被列入国家自然科学基金资助项目。同年6月，二十七岁的钟扬加入了中国共产党，成为一名光荣的中国共产党党员。

此时，钟扬还和同事李伟到湖北省第三大湖斧头湖开展水生植被调查，并合编了《水生植被研究的理论与方法》一书，由华中师范大学出版社出版发行，陈家宽为这本书写了序言。这本书编译了有关水生植被研究理论与方法的综述与专论共10篇，并系统介绍了该领域的研究进展和发展趋势，附录有关我国内陆水生植被研究概况的专题综述。除此之外，钟扬关于水生植被研究的论文还有《我国内陆水生植被研究概况》《斧头湖水生植物考察》《湖北斧头湖湖滨湿地水田碎米荠群落的定量分析》等。

第三章　世界眼光与本土视野

拼命地干活出东西

1992年1月，二十八岁的钟扬在中国科学院武汉植物研究所获评副研究员职称。2月，钟扬接受时任美国密歇根州立大学标本馆主任John Beaman的邀请，赴美国进行访学，成为密歇根州立大学的访问学者。

钟扬访问的密歇根大学，是美国东北部占地面积达22平方公里的州立大学，学校学生共有45000多名，学生人数在美国排名第六，来自美国和全球其他120多个国家和地区。这座院校原名为密歇根州立农业与应用科学大学，创建于1855年，最初的优势学科是农业。到1955年方改为密歇根州立大学。

钟扬到密歇根大学报到以后，学校相关人员就把一套钥匙给了他，包括门口的、办公室、抽屉、工作室的。这样钟扬上班的时候，就可以很方便地自己一个人进出。钟扬的导师约翰·比曼教授，都是用电话给他布置任务。如果没有听懂，钟扬就会赶快记下来，过后去查字典。对于刚来访学的钟扬来说，导师的态度是很好的，可以说完全给他"言论自由权"。

约翰·比曼初次见钟扬，就问他为何选择分类系统学这样的传统学科，钟扬的回答是"在我知道的生物学家中，植物分类学家是一群最高寿的人"。这样的回答显示着钟扬的幽默，也让这位研究植物学的老教授对他印象深刻。自此，钟扬与导师在研究上配合默契。

1992年11月，钟扬以92~93届联谊会干事的身份，参与编辑《MSU中国学生学者联谊会通讯录》，并负责编辑MSU留学生月刊《密友》，让留学国外的中国人能看到国内的消息。"独在异乡为异客，每逢佳节倍思亲"，这无疑是很多人的心声，从另一角度来说，这本杂志不仅展现了钟扬的编刊能力，也凝聚了很多国人的心。

钟扬去美国时，还做了一件事，就是让他的妻子张晓艳也出国去感受一下。张晓艳对这件事的印象极为深刻，她说：

"当时大部分人认为，如果刚结婚，肯定不能放老婆出去，这样婚姻就不行了，同时单位也觉得两人同时出国，也会不回来。但他出去以后，大概几个月吧，就觉得我也应该出去，当时全科学院都没有这个先例。钟扬就替我作担保说：'她肯定会回来的！我觉得小张应该出去一下，见识一下国外的研究是什么样，对她今后的研究是有好处的。我们肯定不会不回来。'当时好像还让分院的领导写过担保什么的，担保我和钟扬回国。"

张晓艳在钟扬去了半年以后才到了美国。因为钟扬是为期一年的访问学者，张晓艳实际上在美国就待了半年，就跟着钟扬一起回国了。张晓艳说："因为我出去的时间只有半年，基本上就在学校做做研究，有时还去打工。那时候打工挺好玩的，因为家属们都在那里，他的钱根本就不够用，他还想攒点钱去买设备。"因为植物所里的计算机还是老式的，工作效率比较低，钟扬出国时，一直将这件事记挂在心。

校址在东兰辛市，很多兰辛市的居民都居住于此。热情好客的钟扬夫妇结识了不少人，有学者，也有学生和当地居民，他们居住的小屋内，常常热闹得很。

对于自己在密歇根州立大学的访学研究，钟扬还专给武汉植物研究所写了一封说明信，说明自己所开展的该课题的主要特点：

1. 是本人在美期间研究课题（美国国家自然科学基金课题 1991）的延续和扩展，对国内今后同类研究具有指导意义。

2. 打破了传统生物分类学数据库中只能使用一种分类系统的惯例，能同时检索、比较多个分类系统，工作窗口设计使用了多项新技术，具国际先进水平。

3. 申请经费数额较合理，只申请了必需的计算机硬、软件费用，其他部分由本人自己负担。

4. 研究周期短，人员少而精，都有多年的该领域工作经验。

希望能在 9 月前将该课题经费拨来，以便携带计算机回国。

这其实也表明了钟扬学成回国的决心。

1993 年 10 月，钟扬为期一年的访学结束。

钟扬赴美完成了美国国家自然科学基金会（NSF）资助课题"等级分类学数据库设计"。当时密歇根州立大学一再挽留钟扬，钟扬谢绝了，并用省下来的生活费购买了计算机、打印机等设备，捐给了中国科学院武汉植物研究所。

当时也有很多从国外回来的学者，但他们带回来的更多的是彩电、冰箱之类的家用电器，这也让很多人对钟扬携带计算机等设备回国颇为不解。

1994年1月16日，中央电视台在新闻联播"中华学人"播报了钟扬的先进事迹。2月，钟扬担任了中国科学院武汉植物研究所植物园主任，着手推动植物园成为青少年的科普基地。

20世纪80年代中期，武汉植物所植物园属于园艺中心，最初面向大众免费开放，后来虽收取门票，但是票价也很低，收入很不乐观。钟扬看到这一幕，又心生了既要扩大植物园的宣传力度，同时也要对园区进行整改的想法，不能让这片园林就这样荒废下去。

于是，他带头行动，亲自动手整改园区，并加大了科普力度，使得植物园成为青少年科普基地。如今，武汉植物研究所植物园已成为大批中小学生春游、秋游的首选之地，不仅是中国三大核心科学植物园之一，还是国家4A级旅游景区。

1994年6月，钟扬赴印度尼西亚参加了亚洲植物园会议。

1994年10月1日起，钟扬开始享受国务院政府特殊津贴，并获颁证书。

同年12月，钟扬、李伟、黄德世编著的《分支分类的理论与方法》由科学出版社出版，钟扬为这本书写了前言。这本书主要概述分支分类学的主要原理与方法，详细介绍分支分类的操作步骤与算法。全书分为引论、分支分类学原理、分支分析、分支树的优化与分支分类、分支分类学的若干应用共5章，附录700多篇参考文献和拉丁名索引、英汉词汇索引。这是钟扬在分支分类学上的又一重大成果。

钟扬在1994年还创建了中科院武汉分院第一个计算机生物学青年实验室，也就是计算机在生物学上的应用，被任命为主任。这是中国科学院武汉分院第一所以计算生物学命名的青年实验室。该实验室共有五名研究员和三名硕士研究生，平均年龄仅为三十岁。这一年，钟扬担任了湖北省青年科协常务理事，成为国际植物学分类学学会会员。同时，还担任了中国植物学会数量分类学专业委员会副主任委员。

计算生物学是指开发和应用数据分析及理论的方法、数学建模、计算机仿真技术，用于生物学、行为学和社会群体系统的研究的一门学科。生物信息学和计算生物学都是交叉学科，但生物信息学偏重于生物，计算生物学更偏重于计算。前者侧重数据的提取和挖掘，后者侧重对数据的处理和运用。计算生物学的最终目的不只是为了测序，更是运用计算机的思维解决生物问题，用计算机语言和数学逻辑构建、描述并模拟出生物世界。运用计算生物学，有望直接破译核酸序列中的遗传语言规律，模拟生命体内的信息流过程，从而认识代谢、发育、进化等一系列规律。

20世纪80年代，随着计算机科学与技术的兴起，生物化学、分子生物学的系统论开始建立。1989年在美国召开的生物化学系统论与生物数学国际会议上，与会者讨论了生物系统的计算机模型研究方法，从而促进了计算生物学的发展。化学生物学、计算生物学与合成生物学，构成系统生物学与系统生物工程的实验数据、数学模型与工程设计的方法体系，即系统生物技术，促进了21世纪系统生物科学的蓬勃发展。

虽然计算生物学并没有受到主流的重视，但是钟扬依旧坚持将主要精力放在上面。他相信，这一领域在将来一定会受到重视。1998年，瓦尔特·科恩提出密度泛函理论，约翰·波普尔发展了化学中的计算方法，量子化学计算已经普遍应用于化学领域。2013年，三位美国科学家马丁·卡普拉斯、迈克尔·莱维特和亚利耶因为给复杂化学体系建模而获得诺贝尔化学奖。由此可见，钟扬将计算机应用于生物学领域具有前瞻性。如若不是受条件限制和当时国内传统眼光的局限性，钟扬在这一领域将会做出开创性的成果。

1995年4月，钟扬担任中国科学院武汉植物研究所所长助理一职。钟扬对职位的提升是有着清晰的认识的。他让自己达到体制内的要求，也是为了有一个话语权，容易到达一个更高的平台，这样，他就能安心地做自己的事情了。就像他曾说过的："拼命地干活，出东西，将成果放到领导面前。"这是他的干劲儿与决心。

国外访学的收获

1995年5月，钟扬再次以高级访问学者的身份赴美国加州大学、密歇根州立大学访学，为期一年。访学期间，钟扬相继发表了《中国菊属植物部分种的数量分类研究》和《植物分类信息系统概述》等学术论文。

钟扬在美国有很多自由活动时间。美国的大学完全锻炼学生独立生活和工作的能力，因此钟扬到了美国，还有时间练练毛笔字。后来钟扬的父母到武汉植物所玩的时候，还看到植物所搞过毛笔字比赛，把钟扬的作品都贴出来了。据钟美鸣和王彩燕说：

"当时，我们旁边有一个植物所的人，也在看作品，他不认得我们。那人就在那里说，钟扬这家伙，这次回来比上次回来毛笔字又进步了。后来我就问钟扬写字的情况，他说在国外有时闲得无事，就写写字换换脑子。"

足以见得，国外的教育方式和国内是完全不同的，国外更考验学生的自主性。

1996年7月，钟扬出任全国第四届系统与进化植物学青年学术研讨会暨第二届分类学原理讨论会《论文摘要汇编》两会组委会成员。11月27日,钟扬和妻子张晓艳申请专利《比萨饼乳酪添加剂及其配制方法》。12月26日,中国科学院武汉植物研究所发布文件,聘用钟扬为研究员,聘期从1996年9月—2000年9月。同时,钟扬发表了"Data model and comparison and query methods for interacting classifications in a taxonomic database",在国际上率先提出一种新的交互分类数据模型(UNIC),并据此建立基于分类本体论思想的交互分类信息系统(HICLAS),为不同生物分类系统的整合提供了技术保障。

同年,钟扬担任了湖北省青年科技工作者理事会成员。

自1995年开始至1998年5月,钟扬基本都在国外访学。从以下这封信中可以得知钟扬在国外的情况:

我目前已做的事:

① 与Dr. Chris Meacham("分支"书上查得到他的论文)合作,提出了一个新的公式,讨论了新数据库和Interface,可望在离开加州前形成一个Tech Report,或取其中一部分正式发表。合作者满意。

② 基本完成了施苏华书中的部分,看了200多篇文献,写了近五万字,感觉较好,实际上开拓了今后的新方向。

③ 翻译完"internet"一书,中间好回国联系出版事宜,可以赶上国内网络浪潮。

④ 帮晓艳联系了30所学校,目前各校简章和表格正陆续寄来,逐一研究比较。

⑤ 着手办了上海"寻墓"事宜,第一批10封信已发出,湾区有30多家大墓地,随机抽取,三批一定可以。有消息另告。

⑥ 写了一些读书报告（上万字），从中可以"抄"出需要的博士课程论文。

本月继续工作，等 Pramanik 回来，决定何时去 MSU。将写好的书稿寄给施苏华等。

——钟扬1995年4月8日给张晓艳的信（节选）

钟扬第一次出国回来以后，过了两年，美国的合作联系导师还想要他去，他们为此专门申请了一个项目，项目申请到了，之后导师还想让他继续留在那里。过了三年，也就是1998年，钟扬才回到国内。钟扬出国访学都是带着研究所的课题去的，在那边他很早就做完了。钟扬的时间很紧，老师想让他在美国读书，因为这样在美国待的时间可以长一点，但钟扬不愿意，他想尽快回到国内，为国内研究做出贡献。

钟扬第二次出国访学的时候，就问张晓艳要不要同去。张晓艳说要去就去读书，要不然就不去。那时张晓艳什么都没考，钟扬当时在加州伯克利，他说张晓艳如果去读书的话，就得考托福。张晓艳后来考了，没想到还超过了一两分。当时张晓艳考的成绩，跟大部分中国学生不一样，大多数中国学生阅读尤其语法的分数特别高，她是非常平衡的分数。

钟扬就说如果从头申请去美国大学上学的话，可能会比较慢。所以钟扬建议张晓艳还是用陪读的身份过去，到了那边再申请学校，会方便一些。因此张晓艳的考试都是在美国完成的。

张晓艳用这个陪读的身份先出去了，读了一个学期，放假的时候再转。按美国规定，陪读的时候是可以转为留学生身份的。但没想到当张晓艳把材料寄过去时，移民局拒绝了她，而且限期让她离境。

被拒了以后，张晓艳连原始资料也没有了，因为她已经把所有材料都寄过去了。当时她在读的学校都给她申请好了奖学金，这让张晓艳有些不知所措。张晓艳写信给移民局，希望把之前寄过去的材料要回。但是移民局的工作人员对此一点也不通融，还是坚持让张晓艳按时离境。此时如果张晓艳回中国，很难再马上拿到签证，要两年以后才能改换成别的签证。

钟扬是访问学者的签证。他当时身处在密西根，离加拿大比较近。当时那边有朋友就说，还有一个办法，或许可以解决这个大麻烦。据张晓艳回忆当时的情况是：

我们出国护照签证有一个叫I94，被我们通俗地称为白卡，那张非常重要的卡片，就是出境入境的记录卡，我当时已经寄给移民局了。我因为不能转签，在两年之内是不会去第三国签证的，但去第三国签证的话，会面临什么问题呢？如果我去加拿大办我的读书签证，会面临三关。比如，美国和加拿大的公民是可以互免签证的，但我过去必须要签证。当时朋友们就在我家讨论，"因为你的证件不全（没有I94），你学过数学的概率，你还不明白吗？你每一关都需要过，我们先说每一关过的概率是多少，你再把三个概率一乘，你觉得还有可能性吗？"但钟扬就说，OK，这三关都是人来审查的，不是机器审查的。是人，就总有犯错误的时候。他说，不试试，怎么知道就不行呢？

当时，本来很多人是约着一起去的，后来很多人退缩了，最后只有一个人跟着去。因为那个人从国内刚出去，也不会开车，什么都不会，他就说："算了，我反正就跟着你们玩，就算行不通了再回来。"我们是租的车，先要过签证关（证件不全），第二天去海关，也需要I94，过关了以后再去签证，等于要过三关，三关都需要白卡，但我没有白卡。签证的地方，离我们有三小时左右的车程，我们所在的城市比较小，要去底特律，那儿有一个加拿大的办事处。去办签证的时候，签证官的态度不是很好，因为当时我、钟扬、那个人一起去办的,签证官发现我没有白卡,她说:"你缺东西。"当时大家商量好了,就说忘记带了。签证官是个女的,我印象还挺深的,她个子不是很高,态度不是很好,但她还是给我签了。她注意到外面天气不好,就说:"OK,我先给你签了。不然的话你们还得再跑一趟,但是你要记住,你们过关的时候一定要带白卡,不带的话,加拿大还是不会让你入境的,入境的时候还是要检查的。"她给签证实际上是这样一个概念——我只是给你一个敲门的机会。

我们在加拿大边境的时候,还见到过一番争吵。有个男的,不是中国人,已经拿到签证了,但不让入境。我印象特别深,他跟边境官讲:"我已经拿到签证了,你没有理由不让我入境。"入境官跟他说:"给你签证只是给了你一个敲门砖,就是允许你来敲门,但是具体让不让你进,由我来决定。"他所谓敲门的权利,相当于说,你从国内拿到签证飞到芝加哥,还有可能不让你进海关。那人还有签证,我想我基本上没指望了,但已经冰天雪地地开车到加拿大边境了,只能硬着头皮往下走。

那天,那是一个入境关,官员是个男的。我们就把三本护照一起递给他,按道理应该一个一个地递交。我们其实很紧张,他居然也没说什么。按道理,海关都是一个一个地检查。他就拿着三本护照,开始检查。我的是放在最后一个,他把钟扬和那个人的看得很仔细,检查以后觉得是正常的,可鬼使神差地到检查我的时候,随便翻了一下,就没仔细看,看到我的照片页,就看了我一眼,还冲着我笑了一下,他就说好了。当时我们就傻了,安静得不得了,也不敢说话,生怕哪句话会说错,赶紧拿着护照走人。我记得在车里时,有那么两三分钟,大家都没说话,完全没反应过来是怎么回事。我对钟扬说:"签证官还挺友好的,还冲我笑了一下。"他说:"我当然知道了,谁冲你笑一下我还不知道吗?"这就是钟扬说的,因为签证官是人,会犯错误。

　　到了过第三关的时候,我原本也要去密西根的。过去签证排队是下午,签证官是个年轻的美国人,他根本就没看我有没有白卡,看了一下我的 I20 学生签证表,检查有没有资助什么的,然后就直接给我盖了,连问都没问白卡的事。从美国签证官的角度来说,如果你的证件不全,你是拿不到加拿大签证的,即使拿到了签证,也入不了关,他就是这种思维。他认为你都过了前两关了,材料肯定不会有问题了。后来朋友们聚会见面都不相信这事,觉得是天方夜谭。所有人都说这不可能,他们认为三个人同时犯错误,这种概率有多低? 基本上就是中大奖的概率。

　　这说明,钟扬对人的了解有着不同于常人的程度,他认为人的思维里是存在漏洞的。他常跟人说:"你不试你怎么知道不行?"大部分人认为,很多事情肯定干不成,其实这反映了人们对数字的不同态度。钟扬看到数字背后是人,而很多人看到数字背后还是数字。

　　不仅如此,钟扬在美国还教张晓艳学会了开车。张晓艳去了以后,钟扬买了一辆二手车,在停车场教她。刚开始,张晓艳学得很快,已经能在停车场转一转。但钟扬觉得还不过瘾,就让张晓艳上路开。张晓艳认为自己还不能上路,因为刚开车的时候,人没有距离感,不知道速度多快,不知道这边能不能过去,对面来车也不知道应该怎样控制距离才不会撞上。但她拗不过钟扬。果然一上路,对面来了一辆稍微大一点的车,张晓艳就往旁边躲,由于是乡间道路,又没有路桩,结果冲到路基下面去了,把人家的围栏撞破了,冲到围栏里头去了。

　　这也侧面印证了钟扬凡事都抱着试一试的态度,在他看来,不试又怎么知道行不行。

　　张晓艳去美国读书,钟扬除了天天和她 E-mail 来往以外,还把张晓艳的爸妈接到美国去了。有很多追求张晓艳的人，包括中国人、外国人，钟扬对此还是很不放心。所以钟扬让张晓艳的爸妈过去，以照顾为名，实际是替他"看着些"。钟扬的这些小心思，张晓艳了然于心，但她从不去戳破，因为她的性格，包括从小接受的家庭教育，是不允许她自己做出一些出格的事情的。

除此之外，钟扬还特别会做菜。钟扬的父亲钟美鸣做饭就特别厉害，或许就是看惯了父亲做饭，加上外出学习、工作后，凡事都要依靠自己，钟扬练就了一手好厨艺。以至于他在出国访学期间，很多朋友，包括在美国跟着他搞研究的学生都去他家，吃他做的菜。有时候，钟扬不在家，他们就自己打开冰箱拿钟扬做的"中国菜"吃。对此，钟扬还发出感慨说："学生都是饥饿的。"

突破学科藩篱求发展

1997年7月15日至18日，钟扬参加了在北京香山举行的香山科学会议第79次学术讨论会，主题为"生物进化的新理论和新方法"，钟扬就"系统发育重建方法中数据处理和计算方法等若干问题"作了专题发言。

会议结束不久，钟扬就担任了中国科学院武汉植物研究所副所长。其实，钟扬是有机会当所长的。钟扬没当所长，说到底，还是他的专业背景问题。钟扬不管是在植物学，还是生物学领域，他想达到相当的高度，还是非常困难的。因为这个传统学科，一直是比较"传统"的。钟扬做的那些计算工作，就是计算在生物学中的应用，还没有得到大部分传统植物学家的认同。从全国和中科院的布局来说，对武汉植物所的定位，不会是钟扬研究的这个学科。从能力上说，大家认为钟扬当所长是没有问题的，但他的学科背景让大家犯难。对一个纯粹生物学的植物学研究所，让一个非生物科班出身的人当所长，争议是不可避免地存在的。

那时候的学者，大部分没有出过国，只有少数比较有远见，或者在国外看到过，知道生物学今后的发展趋势，才会有这样一个认识高度，大部分人是没有这样的认识高度的。另外，青年学者一般都会有导师，或者读了研究生，他们就会有这个领域里的领路人。但钟扬在这个领域等于是孤军奋战，当然也有好处，就是不受约束。

钟扬当时没被选入创新人才计划，其原因还是钟扬当时想要的学科发展跟交叉学科有关，研究方向就是现在如火如荼的生物信息学。所以在武汉植物所没有办法继续在学科上有所发展，这跟中科院的整体布局和对武汉地区的定位有关。而且当时上级部门已经有意向，要把中科院武汉植物所变成植物园。在学科发展上，已经满足不了钟扬对学科的认识和发展的需求。不过，钟扬一直保持着与中科院武汉分院很好的关系，他的团队一直给武汉分院的研究生开设生物信息学的课程，每年都去讲授，直到2017年他虽然不能去了，但他的团队仍然完成了授课任务。

尽管条件受限，钟扬还是坚持在生物信息学方面做出了一定的科研成绩，发表一批研究成果，包括《一种基于子树相似度的树比较的通用方法及其在分类数据库中的使用》《分子生物学数据库概述》《交互分类信息系统和电子植物志的设计与实现》《数量分类学与微机信息处理研究进展》和《传统药物及天然产物信息系统间的交互运行技术》等论文。

1998年5月，三十四岁的钟扬结束在美国密西根州立大学的访问学习，回到了国内。

两个月之后，钟扬应邀出席中国科学院武汉分院成立四十周年暨邓小平同志批示恢复武汉分院建制二十周年座谈会。不久，钟扬应湖北省科学技术协会邀请，担任第七届湖北省自然科学优秀论文评审委员会委员。

这一时期，虽然植物所工作千头万绪，钟扬还是坚持参加了不少会议活动。包括当年 9 月中国科学院第 11 期所级干部上岗培训班，庆祝中国科学技术大学建校四十周年"所系结合、办好科大"座谈会，中国科学技术大学建校四十周年庆祝大会，"中国科学技术大学少年班创办 20 周年"座谈会。与此同时，中国科学院武汉分院聘请钟扬为武汉分院生物学科研究员任职资格评审委员会成员，还担任了湖北省暨武汉市植物学会副理事长。

1999 年，三十五岁的钟扬领衔再次发表论文《外类群对构建基因树的影响》以及"*HICLAS: a taxonomic database system for displaying and comparing biological classification and phylogenetic trees*"。

这一年，随着时代的发展，科研单位开始对学历有了新的要求。进入研究所的新人们开始为自己的学历担忧起来，南蓬就是其中之一。作为只有本科学历的她，开始萌生了继续深造的想法。于是她第一个就想起了钟扬，向他倾诉了心中所想。钟扬本身就对学习有着热情，听到有人想要继续学习，他自然是大力支持的。但钟扬觉得，南蓬已经有多年科研经历，发表了十余篇论文，如若只是报考硕士研究生，难免有些屈才，况且南蓬完全有资格报考博士研究生。当时的国家政策也鼓励科研人员以同等学力，报考博士研究生。这些都为南蓬打开了考博的大门。

钟扬立刻向南蓬推荐中科院华南植物所的彭少麟，幸运的是，在 2000 年的中科院的博士研究生考试中，南蓬被录取了。

这也看出钟扬的热心与对人才的关爱之情。

第四章 有价值的东西总会被看到

从武汉来到了上海

　　养成了世界眼光的钟扬从来都是透过问题的表面，看到本质。不只是知人善用，他更擅于掌控人生的大方向，而这个方向又往往会是创新之举。

　　2000年5月，三十六岁的钟扬辞去中国科学院武汉植物研究所副所长的职务，在陈家宽的引荐下到复旦大学工作，担任生命科学学院的教授。当时在国内，不同机构对生物信息学这一学科的眼界、认识和支持力度是存在着地域差别的。在钟扬的眼里，上海复旦大学对这个学科发展的支持，是武汉植物研究所也就是现在的武汉植物园，所没法相比的。这也是钟扬辞去副所长这一职位，毅然去复旦大学的主要原因。从这里我们也可以看出，钟扬对学科所抱有的坚定认识，从骨子里来说，他的身上还葆有一种科学研究所稀缺的浪漫主义情怀。

　　陈家宽之前在武汉大学读博期间就与钟扬有着密切的合作，他十分欣赏钟扬身上的创新精神。陈家宽本科是在复旦大学读的，考上研究生后就留在了武汉大学，一直到博士毕业。1997

年，时年五十岁的陈家宽由时任复旦大学生命科学学院环境与资源生物学系主任吴千红引荐，从武汉大学回到母校复旦大学教学。陈家宽到了复旦大学后，担任复旦大学生物多样性科学研究所所长，同时担任教授和博士生导师，并主持生态学科建设。

复旦大学生命科学学院，是中国高校中第一个创建生命科学学院的大学。其前身是1926年成立的生物系，创始人是从美国归来的博士郭任远。1986年，中国遗传学奠基人谈家桢成为复旦大学生命科学学院的首任院长。

复旦大学生物多样性科学研究所，成立于1996年，是我国第一个以生物多样性为主要对象的专门研究机构和教学基地。研究领域包括生物多样性科学的理论和方法、种群和进化生态学、生物入侵的生态学、基因多样性与生物安全、城市化过程与生物多样性维持与丧失、生物多样性与可持续发展。其中，生态学专业，在2000年被批准为二级学科博士点；2002年成为国家级重点学科；2004年成立了我国第一个生态学与进化生物学系；2011年，被批准为一级学科博士点；2012年在教育部进行的第三轮学科评估中，生态学一级学科全国排名第三，并设立了生态学博士后流动站。

陈家宽之所以把钟扬从武汉引入上海，一方面是为了给复旦引进人才，将生物多样性发展到一个新的高峰；另一方面也是满足钟扬的教育梦。况且高校环境氛围相对宽松，更适合钟扬的研究。所以，当陈家宽提出让钟扬随自己一道去复旦大学时，钟扬欣然同意。

复旦大学听说陈家宽要引荐钟扬过来，当然是求之不得的，因为每个地方的发展都需要人才，尤其是科研工作。为了让钟扬能安心到复旦大学教书，学校还专门联系正在美国读博的张晓艳，给她承诺：可以把美国的读博直接转到国内，直接在国内把论文做完即可。等到钟扬被调到了复旦大学，张晓艳也回到钟扬身边，对她来说，只要能把博士读完，哪里都一样。

当时复旦大学同时引进了三个年轻人，与陈家宽一起，强化了复旦大学生态学这一薄弱学科的建设。年轻人身上都有梦想，这种梦想牵引着他们，将这一学科越做越好。

初到复旦大学，生物楼很老旧，条件也不尽如人意。但钟扬在生物学这条路上，一开始就是披荆斩棘，排除万般困难的，而眼前的这些难题哪能将他吓倒。钟扬和陈家宽决定迎难而上，用学校拨下的20万元经费，成功建立了实验室，并使之建成为重点学科。

2000年6月，由复旦大学和北京师范大学联合创立的生物多样性与生态工程教育部重点实验室获准建设，实验室主任由北京师范大学张大勇担任，副主任是钟扬。

钟扬到上海来，也吸引了不少年轻人过来。钟扬原来在武汉植物研究所的同事南蓬，在广州完成了他的专业课程后，便与钟扬商量也来到了复旦大学，进行他的博士研究工作。

对于年轻人的追求，钟扬是十分支持的。比如关于博士论文的选题，钟扬就建议南蓬选择她有一定基础的课题。南蓬就想到在武汉植物研究所时，曾经做过报春花可发挥性成分的分析，但始终没有发表。关于这个选题，钟扬又对南蓬提出一些需要分析问题：为什么要做报春花研究？有什么科学问题？通过查阅大量的研究资料，他们发现目前报春花属的许多植物，是世界特别是欧洲非常重要的室内花卉观赏植物，栽培品种已经达上千种。但是目前的许多栽培品种，会引起人体皮肤的强烈过敏，主要表现在手指、手背、胳膊、脸、脖子等部位，会产生大面积红斑、疱疹等，在欧美国家过敏人群高达30%。过敏的主要原因，是其含有几个致敏化合物。

而报春花的野生种原产地是在中国，主要分布在湖北、湖南、四川等地。其中鄂报春是报春花属的一种，是1880年由英国的植物猎人从湖北宜昌引种至英国的。那么中国原产地的鄂报春，是否也会引起人体过敏呢？带着这些科学问题，南蓬带着一个复旦大学的本科生，一起去四川和湖北，采集不同地区的鄂报春。通过对鄂报春的检测，她们没有找到文献报道的几种过敏化合物。为了验证检测的准确性，她们还将样品寄到了欧洲专门检测报春花致敏化合物的实验室，最后也证实了她们的研究结果。

随后，南蓬等人对中国的报春花不含有过敏化合物的原因进行了研究，发现产生过敏化合物的主要是与温度有关。室内栽培，温度长期超过二十五摄氏度，这样就很容易产生过敏化合物；而中国的野生种，生长在野外，气温不会长期高于二十五摄氏度。目前欧洲的一些育种机构进行过改造，已经培育出不会引起过敏的报春花。

自此以后，钟扬和南蓬在复旦大学的合作研究就从未停止。张晓艳曾经说过，自己也很想有像钟扬这样的朋友，因为跟他相处不仅不累，而且他从不吝惜给前来求助的人以建议和帮助。

2000年12月，钟扬到加拿大女王大学访问，这是钟扬进入复旦大学后的首次访学。加拿大女王大学、多伦多大学、西安大略大学、哥伦比亚大学是加拿大最难考的四所大学。钟扬此次到加拿大女王大学的任务就是加强复旦大学和女王大学的交流合作，促进发展。钟扬不负众望，在与该学校签约的同时，也与女王大学的生物学方面的教授建立了深厚友谊，这为日后校际间的交流奠定了良好的基础。

同年，钟扬分别以第一、第二作者的身份发表了多篇论文。因为钟扬清楚自己来到复旦大学，面临着一种开局压力，同时也是为了取得学术话语权，这跟之前他在武汉植物研究所的研究一样。他

的论文包括 "*Collaborations tailored for bioinformatics projects*" "*Testing hybridization hpyotheses based on incongruent gene trees*" 和《红树科 6 属 cpDNA 和 nrDNA 序列相对速率检验及分歧时间估计》以及《生物多样性信息学：一个正在兴起的新方向及其关键技术》等。

为了学术研究读博士

2001 年 1 月 1 日，三十七岁的钟扬兼职担任广东省热带亚热带植物资源重点实验室第一届学术委员会委员，聘期为 4 年。

不久，钟扬和卢宝荣、李博一起担任了复旦大学生物多样性科学研究所副所长。

紧接着，钟扬被复旦大学学位评定委员会批准为生物学一级学科植物学专业博士生导师。

2001 年 8 月 17 日，对于钟扬来说，这是一个重要的时间节点。这一天，钟扬组建了一个 6 人小组，第一次前往青藏高原与西藏自治区高原生物研究所合作，进行野外考察，为期 10 天。钟扬担任组长，组员有东京大学长谷川政美、北京大学顾红雅、中山大学施苏华、复旦大学任文伟和张文驹。他们都是植物学方面的专家，对植物学科研究有着莫大的热情。

为什么说这是一个很重要的时间节点？源于这次考察本身的重要性。青藏高原是生态学家和进化学家研究的最好场所，这里的植物比其他地区要丰富得多，而研究分子进化的长谷川政美还在日本时就对西藏"情根深种"。钟扬这一次带领的专家考察组，和西藏结下了缘分，也让钟扬以后的工作重心慢慢转移到了这一片高原上。

接下来，一个更为重要的消息传来。2001年度中国高校科学技术奖获奖名单公布，"不同地理与生态分布植物类群的分子系统发育研究"获中国高校科学技术奖（自然科学）一等奖，主要完成单位为中山大学、复旦大学、中科院武汉植物研究所，主要完成人为施苏华、钟扬、黄椰林。钟扬应用改进的分子进化分析方法和统计分析工具，探讨木兰科和红树科等植物的系统发育关系，在国际学术刊物发表了一批论文，提升了我国在系统与进化植物学研究领域的水准。

与此同时，"上海科技馆工程建设与研究"项目获得上海市科学技术奖一等奖，复旦大学为第五完成单位，钟扬主持完成了科技馆的英文图文版。

同年12月，钟扬、张亮、赵琼主编的《简明生物信息学》由高等教育出版社出版。该书由复旦大学生命科学学院和计算机科学系"生物多样性信息学"联合研究组集体编著，梳理了生物信息学的基本概念、必备的计算机基础和主要的信息学资源，介绍DNA序列分析、系统发育分析、基因组分析以及蛋白质组分析等分析方法、关键技术和常用软件。除了有阅读材料、参考文献和思考题外，还附录生物信息学相关的网址和刊物简介。这本书也成为全国高校本科生和研究生用信息生物学首批中文教材。

2002年2月，三十八岁的钟扬受到了中国高校科学技术奖励委员会表彰，因他在促进科学技术进步工作中做出了重大贡献，获得一等奖。

2002年3月，钟扬进入日本国立综合研究大学生物系统科学系，在职攻读生物系统学专业博士。钟扬自从本科毕业后，中间未读硕士。读博所在研究单位是日本文部科学省统计数理研究所，任客座教授。

虽然钟扬的研究早就具有博士水平，但是他一直没去攻读博士学位。后来钟扬发现，没有博士学位，在申报任何项目时，学历这一块都是一个障碍。钟扬为了取得博士学位，也花了些时间。他之所以到国外去读博士，原因也很简单。在国内，读博士的基本上都是比钟扬年轻很多的大学生，又有很多他认识的学生，他调侃说："我在国内怎么好意思去和大学生一起读博士呢。"所以，他就选择到日本，在日本国立综合研究大学生物系统科学系，师从长谷川政美，在职攻读博士学位，最终圆了他的博士梦。

钟扬与长谷川政美很早就认识了。早在1998年，钟扬结束访学后便到日本专程拜访长谷川政美，两人一见如故。1999年，长谷川政美团队与中国科学院水生生物研究所合作研究长江白鳍豚，地点就在武汉。时任武汉植物研究所副所长的钟扬立刻前去拜访长谷川政美，并邀请他在武汉植物研究所小聚片刻，两人相谈甚欢。2000年，钟扬去加拿大女王大学访问回国时，也转机去了日本，专门拜访这位研究分子系统发育学的专家。

长谷川政美认为，钟扬早就达到了博士水平。中村木子是分子进化的开创者，又是长谷川政美的老师。而长谷川政美在分子进化这个领域的研究水平是很高的。所以，钟扬曾说，长谷川政美的老师具有诺贝尔奖水平，虽然中村木子还没获诺贝尔奖，但分子中性进化是他提出的。纵观日本很多的诺贝尔奖获得者，他们并没有在国际知名刊物上发表过很多论文，但他们就因为提出了一个新的观点而获奖。就是说，他们因提出一个创新的观点，从而打开了科学的大门。如汤川秀树提出了介子学说，还有一位典型的代表是日本科学家益川敏英。分子进化的中性进化理论，是可与达尔文的进化论相提并论的。达尔文提出的是适应进化，后来有人提出现代达尔文的综合进化。中村木子提出了中性进化，就是从分子微观角度，去解释达尔文进化论的机制。

而分子进化，也是钟扬最擅长的研究领域。在分子进化这个领域，他的学术地位在国际上是很高的，属于顶尖科学家的层次。钟扬评价自己的学术成就，也认为是在生物信息学上的贡献多一点。在生物信息学的分子进化这一领域，包括 SARS 和血吸虫研究，钟扬都是主要贡献者。钟扬发表在国际一流学术刊物的论文，都是关于生物信息学的研究内容。

钟扬早期两篇关于生物信息的论文，发表在 Taxon 和 Bioinforamtic 这些国际一流的学术期刊上。其中一篇文章是 1996 年发的，另一篇是 1999 年发的。那时国内还没有几个科学家，能在这些顶级的生物医学杂志发表论文。Ecology Letters 杂志，是生态学的顶级杂志，钟扬是第一个在这个期刊上发表论文的中国学者。就是说，无论是在 PNAS 这种综合性期刊，还是在生物信息学的专业杂志上，钟扬发表的文章都有极高水准。

反观钟扬在植物学顶尖的杂志上倒没有发表多少论文，他在植物学方面的研究，更多是集中在基础性的工作上。这些研究大多是为他人研究做基础，钟扬收集完种子，然后别人去研究。以至于钟扬在分子进化这一研究领域，不被大多数人所熟知。

钟扬的日本老师长谷川政美，六十三岁在日本退休后，身体不错，还希望再做些研究，他特别想到中国来。钟扬就把长谷川政美聘请到复旦，他看重的是这位老科学家的献身精神。长谷川政美从六十三岁开始，一直在复旦干到了七十岁，因为超过七十岁，复旦就不能再聘用他了。当时长谷川政美还有一个学生，叫米泽隆弘，也一起来到了复旦。长谷川政美七十岁不再受聘于复旦后，米泽隆弘继续在复旦进行他们的科学研究。

在教学之余，钟扬还热衷于翻译国外著作。这期间，钟扬和吕宝忠、高莉萍等共同翻译并出版了美国 Masatoshi Nei 和

Sudhir Kumar 著的《分子进化与系统发育》。这本书包括了进化的分子基础、氨基酸序列的进化演变、DNA 序列的进化演变、同义与非同义的核苷酸替代等内容。钟扬认为，翻译著作虽会耗费一些时间，但同时也接触到了大量优秀的学术思想，可以让国人开阔视野，还可以作为科普教材，这一过程是值得的。但一般学者并不这样认为，也有很多同事一直劝他不要接这样的课题，然而钟扬还是愿意接。出版社因为都是一个圈子的，后来大家都知道钟扬愿意接著作翻译，并且翻译得很好，所以都跑来找他。许多人以为钟扬翻译这些著作会拿到很多版税，其实钟扬翻译著作，翻译费很少，而且翻译工作很辛苦。

说到底还是因为钟扬对文字本身有着爱好，对于他来说，不管是翻译还是写文章，都是一种享受。钟扬有时候遇到一个好的句子，会拿来跟同事们分享，有时也会情不自禁写出几个好句子，沉浸其中。钟扬喜欢写，也喜欢有听众，他喜欢把突然想到的一些好想法立马与人分享。他从不吝啬说出自己的想法，只要能为国家、为人民、为学生做出一点小贡献，他都乐此不疲。只要得闲，钟扬就会写一篇小散文，聊以自慰。

每次申请项目时，钟扬往往一直不急着动笔。团队的人都急成热锅上的蚂蚁了，他还是一副不着急的样子。直到申报快要截止的最后一两天，钟扬才开始做文案，并且一挥而就。钟扬虽然从事的是理科专业的工作，但他不仅有文科生的情怀，也有文科生的文笔。这让这位生物学家身上，多了几分感性浪漫的色彩。

这一时期，钟扬先后受聘担任上海生物信息技术研究中心学术委员会委员、副主任和北京大学理论生物学中心兼职教授。

只要肯付出总有回报

钟扬夫妇一直忙于工作，所以生孩子的计划也是一拖再拖。直到钟扬与妻子结婚14年时，三十八岁的张晓艳才诞下了一对双胞胎男孩儿。这个年纪，在现在看来，也是晚育了。钟扬此时因参加973项目申请讨论会出差，一时之间回不来。无奈之下，只得打电话给他的同事南蓬。等到南蓬和另一个同事赶到医院时，孩子已经出世了。直到凌晨两点多，钟扬才匆忙赶回上海，陪在妻子张晓艳身边。

和钟扬情况极为相似的是，他的双胞胎儿子也是早产儿，出生时还不到4斤，一出生就被送到了保温箱里。钟扬为孩子所取的两个名字分别对应一种裸子植物和一种被子植物，"云杉"和"云实"，小名分别叫"大毛"和"小毛"。这是钟扬早就替孩子取好的名字。虽然钟扬未能在医院看到孩子出生，也未能有时间陪伴，但他对孩子们的爱，早已寄托在名字里。

钟扬认为，他和妻子张晓艳一生都会献给植物研究，孩子的名字中带有植物名，也表现了他们对植物的最大热爱。钟扬得子的喜悦，不光满溢在这一个小小的家中，也以最快的速度分享给他的研究生们：

"钟扬教授和和张晓艳博士的遗传学实验取得巨大成功，结果为两新种：钟云杉、钟云实。"

钟扬在第一时间将这一消息分享给他的每一个好友，大家纷纷为他们感到高兴。随后，钟扬在三十八岁得子的喜悦中，又继续去工作了。

2002年9月10日，钟扬获得复旦大学"复华奖教金—SCI论文特别奖"。同时，钟扬作为第一作者的论文"*Detecting evolutionary rate heterogeneity among mangroves and their close terrestrial relatives*"发表于 *Ecology Letters* 2002年第5期。钟扬在文中提到，应用改进的分子进化分析方法，检测了红树植物及其近缘物种在分子进化速率上的异质性。

红树植物，是热带、亚热带地区特有的常绿灌木和小乔木群落，生长于陆地和热带、亚热带海洋之间的海岸潮间带，受潮汐的影响较大。潮间带从海洋到陆地之间可以分为三个潮滩：低潮滩、中潮滩和高潮滩。而大部分红树植物分布在中潮滩上，少部分在低潮滩和高潮滩。红树植物，外表看起来虽是绿色的，但由于富含单宁酸，当树皮被割开后，一旦接触空气极易氧化呈红色，因此称"红树"。

红树植物的根系很发达，能在海水里屹立不倒。而且红树植物的种子成熟脱落后，便直接在落下的地方长出新的幼苗，更甚者可长成一片树林。不仅如此，红树植物种类繁多，存活率很高，只要温度适宜，它们便能一直生长下去。红树植物还能调节生态，不仅是很多生物比如螃蟹、鸟等的食物来源，还是净化空气的得力帮手。

但红树林主要分布在亚热带、热带地区，上海的温度并不适宜红树植物的生长。国内最高纬度自然生长的红树植物在福建福鼎，而人工种植的红树植物也只在浙江温州。这加大了钟扬申请项目的难度。在此之前，钟扬还在武汉植物研究所时，就已经与中山大学生命科学学院施苏华合作研究过红树，并取得了一系列研究成果。2003年，钟扬还与施苏华、长谷川政美一起到日本冲绳县最南端的西表岛和中国的海南岛考察当地的红树植物,为上海种植红树植物打下基础。其间,一个最重要的考察发现激励了钟扬。

20万年前的化石显示,上海海岸线上曾经生长过红树植物。现在全球变暖,上海的温度也已经提升。气温升高,意味着海平面随之上升,风暴潮也将成为人类的威胁。要彻底预防风暴潮,只有种植红树植树。这为红树植物再次出现在上海提供了可能性。况且,红树植物有着很强的适应性,对上海地区防潮有着极大的益处。

关于红树林项目,其实一开始,钟扬是受到学生王莉提供的一张报纸的启发,他看到了以后觉得很有意思。报纸上说的一件事,激发了他的问题意识。他说:"王莉,我考你一个问题。你知道现在最好的红酒产区在哪里?"王莉说:"按照你这种问法,那肯定不在法国。"钟扬说:"对的!猜一猜在哪里?"他开心得像小孩一样。王莉答道:"如果不是法国,也是在差不多的纬度。"他说:"错了!报纸上这篇文章说,最好的产区现在已经在温哥华了。温哥华以前是什么地方?现在为什么能种葡萄了?"报纸上提到的红酒和葡萄,让他联想到了红树林。他就想,既然以前不能种葡萄的地方能种葡萄了,以前不能种红树林的地方,现在是不是也可以种红树林呢?带着这个想法,钟扬开始了他的实验之旅。

钟扬查阅了大量资料,发现温州已经成功种植红树林了,温州的纬度跟上海也差不了多少,那上海应该也可以。钟扬很兴奋,开始跟很多人聊这件事,包括上海园林局的人。园林局有钟扬的一个学生,对此非常支持,钟扬一开始种植红树林的项目就是跟园林局合作的。钟扬团队当时申请项目的时候,并不是一次性就申请下来的。因为上海冬天的温度最低温是3℃～7℃，而红树适宜生长的最低温为15℃，单从温度上来看，红树在上海存活的几率几乎为零。2005年，钟扬第一次申请红树林项目，上级部门没有批准。2006年，钟扬再次申请红树林项目，依旧没有通过。直到2007年，上海市才批准了钟扬团队的红树林项目，但是要跟另一种抗盐碱的植物——盐桦套种。他们立即找到上海浦东南汇海边的一片荒滩进行实验。

钟扬团队从海南岛、珠海等地买了10种共12000棵耐寒的红树植物幼苗：秋茄、桐花树、白骨壤、无瓣海桑、老鼠簕、木榄、拉关木、黄瑾、海杧果和银叶树。但是事与愿违，2008年拉尼娜现象席卷全国，全国都受冷空气影响，钟扬的这一批红树幼苗没有在低温环境中存活下来，第一次试验失败。

但是，他和团队成员都没有放弃，2009年初春时节，钟扬又买了一批红树幼苗栽种，在倒春寒的条件下竟生长了起来，包括之前被寒流影响的第一批幼苗，又迎着春风活了过来。这不仅让钟扬团队看到了希望，也让相关部门看到了希望。

等到这两批红树植物逐渐成林，又有一个令人忧心的消息传来，红树林基地所在的南汇嘴公园因为要建停车场，红树林要搬到上海东南角的南汇新城镇临港东滩，实验基地也由原来的10个减少为2个。每个人都忧心忡忡，但更多的情愫是舍不得一些无法移植过去的红树。钟扬鼓励大家，经历过最初的攻坚过程，这一次的困难倒显得微不足道了，因为他坚信，红树林不管在上海的哪个基地，都可以成长起来。就是这种信念，让红树林出现在上海，不再只是一个梦。

这个项目坚持下来，有8个红树品种种植成功。对钟扬来说，在上海成功种植红树林，就是科学实验的成功。接下来的红树林产业之类的事情，钟扬觉得应该由别人来做，他的责任就是把红树在上海种活。钟扬的学生担心红树林的生长没有人投资，钟扬安慰并告诉他们，有价值的东西总会被人看到，一旦被看到，就会有人投资。

第五章 一个天生的教育家

时时处处为学生着想

2003年开始，钟扬受聘担任复旦大学药学院兼职教授，并担任2013年度复旦中学创新素养培育项目导师。

在接下来的日子里，钟扬团队相继翻译了不少国外著作。2004年4月，詹姆斯·D.沃森所著《基因·女郎·伽莫夫：发现双螺旋之后》由上海科技出版社出版，这本书由钟扬、沈玮、赵琼、王旭翻译。此书是詹姆斯·D.沃森的自传，是他关于DNA突破性发现所产生的惊人后果的报告，揭示了伟大的科学是如何完成的，同时又剖析了这位青年科学家的勃勃雄心。9月，钟扬、王莉、张亮又翻译了D.W,Mount的《生物信息学》，由高等教育出版社出版，全书内容包括历史介绍及概述、实验室中序列的提取和储藏、成对序列对位排列、多序列对位排列、RNA二级结构的预测、系统发育预测、数据库搜索相似序列、基因预测、蛋白质分类和结构预测、基因组分析等。

钟扬从2003年6月开始担任复旦大学生命科学学院常务副院长，这一职务他一直做到2008年8月。钟扬在做行政工作的同时，还带着硕士和博士研究生。

当时生命科学学院的新学生特别多，每个学生都需要一个新课题，钟扬就需要很大的课题量来满足这些学生的研究需求。刚到复旦时，钟扬必须适应新环境，那段时间，他的文章量产很大。有了量产，他才开始慢慢地追求一些突破，量产对他后来在这个学术领域取得话语权，还是很有帮助的，至少引起了大家的关注。比如说，钟扬的学生毕业出来，基本上出路就没有问题，因为只有满足了基本的毕业需求，学生才有可能静下心来，追求更高的目标。大部分的学生理想很高远，但现实是如果毕不了业，学生就没有心思做更深入的研究。

钟扬很会把握学生的心理，他会让学生放心、安心。学生到他这里学习，只要安安心心把他交代的工作做完，毕业就没有问题。话虽说得很轻松，但实际上钟扬在背后付出的远比学生们看到的要多得多。

不管是作为朋友还是作为老师，钟扬都能很平等地对待别人，并且永远给人选择的机会。钟扬的学生王莉提到，她1999年就想考钟扬武汉植物研究所的研究生。王莉回忆：

"对我来说，那是第一次见真正的大教授。我之前在学校也见过大教授，但是钟老师跟他们是不一样的。他没有把我当学生或外行。我觉得钟老师最大的特色，就是他从不把人看低，他永远跟你保持一个平等的关系，哪怕你是学生或者外行，甚至哪怕是小孩，他永远都跟你保持平等。我当时其实很惶恐，我说，我学的是工科，我能考武汉植物所吗？他说有什么不可以的呢？一上来就把我的顾虑打消了。我再问，有些什么可选的？他问我喜欢什么？我说我对生物也不是特别了解，但我想可能生物是很有趣的，能不能学那种比较快点能看到成效的？当时年轻人都希望快点出成绩嘛。他就说植物学都是很慢的。他说话就是很幽默、很诙谐的那种。后来，我就去考，竟考上了。考上了以后我才听说，他可能要离开那个地方。我跟他其实只有一面之缘，其实他完全不用对我负什么大的责任，因为考上了他的研究生，如果他调走了，我也可以转到其他老师名下，但是他对学生很负责，他说自己可能要去上海，我有两个选择：第一，我愿意的话，继续留在植物所这边读研，他给我找个导师；第二，要么我也可以去上海读研。如果我去上海那边，他不确定能不能直接把学生转过去，所以我要有思想准备。对我来讲，我觉得自己还是小孩，也不是一定要把自己的人生马上定个性，确定下来。我说也行，去上海试试，大不了再重新考。他当时可能觉得这小姑娘好像挺有闯劲的，就叫我来上海试一下，我就这么来上海了。真的只跟他见过一次，去上海的事，也就这么定了，就重新考了一次。"

王莉来上海的第一年，就在钟扬的实验室做助手，同时复习考研。复习一年后，考取了钟扬在复旦大学的研究生。

钟扬刚来复旦大学也没有其他学生，只是带了一些本科生，他对学生特别好。由于刚开始没有项目，钟扬就参与了上海科技馆的项目。钟扬在武汉植物所时以植物学研究为主。来复旦之后，他主打的研究领域是生物信息学，当时复旦也没有这个学科，所以在这个领域钟扬是独树一帜的。他的宽泛性得到了生长。复旦生科院当时还没有相关专业，他就跑去跟计算机系合作，他还跟北大的生物信息中心合作。他这种跨学科、跨平台、跨学校的交流很多。

做受学生欢迎的老师

钟扬之前没有在高校担任过教师，当他来到复旦，第一次接触这么多本科学生,他才发现有些本科生可能比他原来的一些研究生还要厉害,他是惊喜的,因为每个老师心中都希望自己的学生是有潜力的。也因为钟扬的个人魅力,吸引了很多本科生来实验室做毕业论文,其中有很多学生毕业以后直接去了国外。

钟扬的到来,某种程度上也改变了老师在学生心目中的形象,让学生耳目一新。王莉说道:

"可能是2000年或2001年,那年预报有流星雨,当时大家都在BBS上讨论流星雨,说如果能去看流星雨就好了。钟扬真的就给大家租了一辆大巴,把学生们带去南汇看流星雨。同学们都惊呆了,说居然还有这样的老师,现实中真的有这种梦想中的老师,学生就是喜欢他。当时学生们奔走相告,复旦来了一个很可爱的老师,纷纷要求来我们实验室做毕业论文。后来我跟钟老师说:'这是不是你的策略啊?就是想把那些优秀学生都吸引过来吧?因为学生来得多了,可挑选的余地就大了。'当时来我们实验室做毕业论文的本科生,都挺不错的。那时他还吸引了外系的学生,甚至包括计算机系的研究生,有一个现在已经在国外做教授了。当时我们的实验室,不敢说是整个学校,至少在我知道的院系里面,我觉得应该是最欢乐的实验室,而且那段时间应该也是钟老师很快乐的时光。我们那一届是五个学生,大家关系都特别好。现在的师弟师妹们,都无法想象那个时候的钟老师。那个时候老师哪怕再累,他愿意跟学生很亲近也很快乐。"

或许在钟扬的心里,当老师一直是他少年时期的梦,而这个梦实现了,他就格外珍惜每一棵"幼苗",希望他们都长成参天大树。

芬兰投资某企业大中华区总监朱彬本科时在复旦大学生命科学学院就读,对钟扬一直有所耳闻,身边的同学也经常谈论这位"独特"的导师。大三暑假,朱彬到天目山实习,钟扬前来辅导。暑期结束后,朱彬便找到钟扬,向他诉说自己愿意到钟扬实验室实习的愿望，钟扬当即同意。

不仅如此，钟扬的"好名声"还吸引了很多外地的学生。他有一次去昆明作报告，就吸引了一位叫刘天猛的学生，后来跟着钟扬做研究。刘天猛说：

"钟老师很会讲故事。他作报告时，讲他在实验室做了一些什么东西，他讲得很通俗易懂，会让你觉得他做什么事情都很有意义，会觉得他水平很高，跟他能学到东西，加上他作报告时也很平易近人，你可以向他提问，他都给你讲得很清楚，很有感染力。加上之前我就看过钟老师编的《分支分类的理论与方法》，一下就有了考博的冲动，然后就联系钟老师。钟老师来云南作报告之前，我都没有出过云南，就是这样，他给学生带来了很多机会。"

钟扬的实验室，常会有买好的早餐放着，钟扬怕有学生没吃早饭或者实验中途饿了，他往往会习惯性地多买几份，放在那里。在实验室里面工作时，学生都坐在外面的工作间。钟扬平时很关注 $Science$，$Nature$，或者 $PNAS$ 最新发表的文章，关心科学界最新的进展。如果钟扬看到一篇好文章，他就会跑到学生所处的外间，对大家说："各位，我刚看了一篇有意思的文章，大家来一起聊一聊。"他经常会如此，把学生当同行，然后就来到学生旁边说，"大家来喝点茶，休息休息，我们聊一聊这篇挺有意思的文章。"这种即兴的小组会经常出现在实验室里，他会把那些最新进展，当科学故事一样来讲，发挥他"讲故事"的特长。一个新的东西，钟扬很快就能放到自己的知识框架里，等再呈现出来时，完全焕然一新。

在这一点上，钟扬融会贯通、举一反三的能力特别强。这也从侧面反映出钟扬天生就适合当一个教育家。听众在什么领域，钟扬就能将知识融入这个领域。比如说，给老年人讲养生，给管理学院的人讲生命，包括哲学、基因层面的故事，他也能讲。这同时也与他不断地学习有关。

钟扬很善于利用点滴时间来学习。钟扬不用手机时，就随身带着各种杂志、报纸、书；有了手机后，他便通过手机来学习。对于信息浏览，钟扬没有任何局限性，一些最前沿的科学他会看，各种八卦他也看。他喜欢看王自健、郭德纲的脱口秀。钟扬认为，他们讲话的一些方式可以借鉴。除此之外，他还会去看吐槽大会，关注某些槽点，这和钟扬自己喜欢吐槽不无关系。但是，钟扬吐槽的方式更加幽默，更有信息量。他希望通过这些表达方式，来引起听众的共鸣。

有时晚上工作太累了，钟扬就想让大家放松一下。打桥牌是钟扬最擅长的，他就叫学生来玩一局，由于学生们只会打80分，他也只能跟学生们一起玩80分。他认为打牌不是主要的，主要是让做研究的学生张弛有度，不会觉得一直做研究是一件非常枯燥的事情。

钟扬深受学生喜爱，还源于他做学问的态度很超脱，他把做学问看成是一件很单纯的事情。钟扬的教育是属于点拨式的，他认为"授人以鱼不如授人以渔"。钟扬的学生将论文交到他手上时，他先看一遍，弄清是什么情况后，慢慢地，他突然就有了灵感，再继续帮学生修改，循环往复。为了提升学生的论文水平，钟扬往往会打印一篇论文，交到学生手里，等学生看完了，再把他们叫到办公室，追问这篇论文的构思以及问题，在反复的修改中，学生们的论文水平有了很大的提高。

同时，钟扬还根据学生自身的兴趣和能力，来分配学生的时间和精力。钟扬会让一部分学生去做基本达标的工作，剩下的部分学生去完成他认为的高目标。但是一篇高目标的文章，可能要好几个学生合作，也并不一定能毕业，不一定短期内就能出成果。其中就包括钟扬提议要做全世界裸子植物的进化树。

学生们采集了至少占全世界百分之九十以上的裸子植物。有一种很独特的只有太平洋一个无人涉足的小岛上才有分布的裸子植物，当时只见于报道，钟扬也想要亲自去采。还有澳洲的国宝，也是一种裸子植物，叫瓦勒麦松，他也要求学生去查资料。钟扬当时为了搜集全部的裸子物种，也是非常拼命地寻找。这是一个长时间、高投入的研究，直到钟扬带到了第三、第四届学生的时候，相关研究文章才发表出来。

钟扬对待植物是理想主义的，为了这个理想，他不惜成本，但他不会让所有的人为之孤注一掷。所以他会先考虑好学生的基本毕业需求，根据学生的情况和未来的需求，设计学生的论文方案。他从来不会为难自己的学生。有了这些毕业保障后，学生如果真的有更高追求和理想，钟扬便会尽己所能帮他们实现。

对于钟扬在学生心中的影响力，钟扬的好友黄梵深有感触："有一次，我邀他来南京理工大学演讲，讲完，当场就有三个学生表态，要从工科转学生物。一个学生说：'我想学生物，觉得对人类太重要了！'我想这种神奇的力量，在于钟扬从不想要去简单地传递知识，而是将知识转化，蜕变成对生命更深刻的理解。他的学生们也说，钟老师对自己的研究对象，有宏观理解和哲学思考，并且能够站在更高的高度来看研究领域，也就是他生前常说的'思考的层次'。有一次，我接到他来南京某高校教育学院演讲的电话，他邀我一起吃饭。我到达时，因他的演讲太精彩，学生反响强烈，讲了三小时还无法结束。我坐在会场隔壁的办公室等他，每隔几分钟，就听见会场传来哄堂大笑。不时有几个学生离开会场，路过办公室门口走向楼外，他们嚷嚷的声音都差不多：'要不是晚上有课，我真不想离开会场，讲得太有意思了……'隔壁还有一间教师办公室，因为敞着门，几个教师的议论声，也飞入我的耳朵：'他蛮会说的，对学生是很有吸引力……他的演讲也就……但对学生很有效……'我听出了他们的'羡慕嫉妒恨'。"

或许大家只看到了钟扬引起的轰动和掌声，却不知道他背后付出的努力。钟扬每次演讲前，会"对着镜子演练九遍"。他一直以来的梦想就是当老师，当老师最重要的就是要将正确的价值观传递给学生，而传递的方式，就是"讲"。学生有没有听到，这种讲法对学生的影响有多深，这是钟扬很在意的一件事。就在教育学院那场演讲结束时，一个来听讲的山区教师，在会场门口堵住了钟扬，那人愧疚地承认，听讲前他已打算放弃当山区教师，但钟扬的演讲，令他的精神绝处逢生，让他对当山区教师意义的怀疑荡然无存。这就是一个教师的力量，同样也是演讲的力量。

2002年底，中国广东顺德发现首例SARS病毒携带者，也就是通常所说的"非典"。"非典"是一种由SARS冠状病毒引起的急性呼吸道传染病，传染源为飞沫或呼吸道分泌物，可以通过空气传染，严重的可直接致人死亡。"非典"时期，病毒传播迅速，携带病毒者甚至蔓延到东南亚乃至世界，导致多人死亡。国内很多学校停课，一时间，不只是学生、教师，就连医院工作人员都提心吊胆。

在这种紧张气氛下，2003年至2004年，钟扬参与由中国科学院上海生命科学院赵国屏院士领导、国内外数十家单位加盟的SARS冠状病毒分子进化分析工作，对61个SARS病毒全基因组序列进行了系统发育分析。通过对流行病学所划分的SARS在中国爆发所经历不同阶段的同义置换与非同义置换比率进行分析，发现SARS冠状病毒在早期传播时存在不同选择样式。研究分析过程中，钟扬与他人合作发表论文"Molecular evolution of the SARS coronavirus during the sourse of the SARS epidemic in China"。

这一年，钟扬还作为通讯作者，发表"Genetic Diversity in Primula obconica（Primulaceae）from Central and South-west China as Revealed by ISSR Markers"。

第六章 行政科研两不误

教育创新推动教育改革

　　钟扬毕业后一直不忘高中母校，只要一有时间，他就会回母校看看。2004年10月4日，钟扬担任会长的湖北省黄冈中学上海校友会为黄冈中学建校100周年捐赠1万元。10月5日，钟扬参加黄冈中学百年校庆校友报告会，发言中提到复旦大学自2005年起，将取消专业设置，取而代之的是建立文科、理科、医学和数学四个平台。

　　2005年4月，四十一岁的钟扬获"蔡冠深生命科学学者奖"，签发者是复旦大学生命科学学院院长金力。

　　2005年，钟扬担任西藏大学理学院客座教授。

　　之后，钟扬先后受聘担任《科学通报》特邀编辑和《生命世界》杂志编委，并因在学校的教学、科研和学科建设岗位工作考核中成绩显著，获复旦大学岗位奖励津贴。

　　这一时期，他的学术活动和成果依旧很多。东方科技论坛第42次学术研讨会在上海沪杏科技图书馆举行时，钟扬作"分子进化分析与系统生物学研究"报告。由钟扬和长谷川政美、任文伟、杨莉琴著，曹缨等审订的《听基因讲先祖的故事》一书由上海科技教育出版社出版。这本书介绍了分子人类学的诞生与发展，在生物进化和化石证据构筑的人类进化背景下，用大量故事和图片描述了分子人类学的产生、原理、相关技术和故事，并描写了科学与宗教、化石证据与分子证据的矛盾冲突。

卸任复旦大学生命科学学院副院长之后，钟扬担任了研究生院院长职务。同时担任西藏大学兼职教授、生物多样性研究所所长。

钟扬做研究生院院长之前，一直待在复旦生命科学学院的实验室工作，因为他的项目都在实验室。后来生命科学学院从邯郸校区搬到了江湾校区，钟扬就很少去实验室了。自从做了研究生院院长之后，他基本上从早到晚都在研究生院，包括撰写著作和论文校对等工作。

钟扬白天主要处理行政工作，到了傍晚，就开始指导学生。他经常在会议室里接待他的学生，只要有钟扬在的地方，都会很热闹，会议室也不例外。钟扬是办公楼里每天走得最晚的一个，一般要到半夜一点左右才回去休息。看门的师傅为方便钟扬进出，专门为他做了一张门禁卡，这样他半夜能自由出去。不管任何人晚上给他发邮件，他一定会很快回复，因为钟扬有个习惯，每天晚上一定要回复完当天的所有邮件。钟扬认为，晚上网速快而且安静。因为白天很多人会等在他的办公室，那里就变成了一个会议室。只有晚上，他才能安静处理事情，而处理完这些事情一般要到半夜一两点。

上任之初，钟扬壮志满怀，期待推动很多改革，复旦校方也看重他。钟扬想从根上来改，比如，他想把管理与服务分开，专门成立一个服务中心，把所有跟学生相关的事，一起交给服务中心去解决，给学生提供一站式服务，这样就避免了学生在各个办公室跑来跑去，办事效率却不高的情况。有了服务中心之后，他们就不需要搞清楚任何部门，因为服务中心会给他们提供一站式服务。服务中心的工作时间是从早上七点到晚上七点，一年365天不休息，连除夕也有学生来办事。他把所有员工分为两组，去服务中心轮班，服务中心的工作是两班倒，有人选择早晨七点到下午一点这一班，有人选择下午一点到晚上七点这一班，每个人都可以自由选择。因为一年中每个人的忙闲不均，通过轮班，那些三月份因研究生招生很忙的人，那些颁发学位期间很忙的人，就有了大批帮手。忙闲不均的问题，迎刃而解。此外，他还打破大学行政人员要坐班的惯例，规定办公室里只留主任和副主任，且工作时间是弹性的，即使员工在家里写材料也可以，只要能做好交代的事，到时能拿出需要的材料就行。

他的另一大改革，是创办FIST课程。FIST是"复旦夏季集中式授课"的英文缩写，他为此课程确立了几个原则：集中授课、夏季为主、聘请名师、对外开放、计算学分。因为它是课程，不是讲座，授课总天数一般在一周到数周不等。他还要求每门课程必须至少邀请一位校外名家来授课，每门课的授课团队要有2人或2人以上，课程负责人必须是复旦大学的教师。来听课的学生，既可以是研究生，也可以是本科生，还可以是其他大学的学生，比如，上海财大与复旦的学分是互认的。甚至也向社会开放，社会人士也可以来听课。为推动FIST课程的发展，他提出了为每门课提供一定的经费，一般是3万元。

2016年夏天，受钟扬邀请，好友黄梵为复旦开办了创意写作课的FIST课程，当时黄梵还邀请了美国哥伦比亚大学的写作教授罗帕特来复旦一起授课。据说，复旦FIST课程邀请来的校外名家，还包括很多获诺贝尔奖和菲尔斯奖的学者。这种开放度的课程，在中国大学其实很稀少。

钟扬还有一项改革,是质量大检查。过去研究生院去院系检查,院系总会拿出一大堆材料,证明他们的工作做得不错。但钟扬很清楚,这些材料都是表面文章。钟扬任研究生院院长后,根本就不检查表格等材料,他直接去找学生。钟扬专门找研究生二年级的学生,或博士二年级的学生。他认为研一或博一的学生,因为刚进来,还什么都不懂。如果找快毕业的学生,因为他们都在准备毕业,也不容易找得到。而研二博二的学生心态比较稳定。钟扬一般会给学生一套问卷,同时也给导师一套问卷。问卷上有诸如此类的问题:最近你跟学生谈得最多的一个话题是什么?学生问卷中也有这个问题。因为导师与学生分开,答卷者的答案是具有真实性的。

这种种改革,既体现出钟扬的智慧,也体现出他对人性的了解。当然,也正因为人性的复杂,所以钟扬的改革受到很多阻力。学校在发放奖学金的过程中,因资金到位延时,加上解释没跟上,导致不少人对他的改革产生误解。此时也恰恰体现出他人格高尚的一面,他不允许别人说任何部门的不好,一人默默地把所有责任承担下来。

这一点,钟扬的妻子张晓艳深有感触:"他当研究生院院长以后——我也是听他们讲的,中间要推动一件事是很难的,但他不愿意增加我的负担,也不太跟我讲。我告诉他自己要照顾好自己,因为我也没有精力,我还顾着两个孩子,还有自己的工作。他工作上肯定有很多困难,因为有时,我明显能看出他情绪很低落,但他不会跟我说具体的事,他也不想让我参与。如果他跟我讲,除了增加我的忧虑,没有意义,他知道我对人际的东西,一向搞不定,也搞不懂。他老跟我说,我要在复杂一点的环境,根本就不行。我没在复旦当老师,是为了避开他。我若在复旦当老师,肯定会跟他一起做研究,他为了避嫌,肯定什么事都得掐着我，我本来对人际就不懂，会互相受干扰。我到同济以后，也从来不说是钟扬的妻子，同事不知道我和钟扬的关系。我们学院的副书记，还是看了电视以后——是他爱人叫他看的，才知道的。"

改革中的一件小事，会引起后续不少连锁反应，这是钟扬始料不及的，也导致他想做的一些改革，难以推动。比如钟扬一直想成立一个国际留学生院，想为留学生造就一个英文环境，更好地满足国际留学生的普遍需求。但没有部门敢做，他即使想到了，也无力去推动。

钟扬除了勇于改革创新，他平时工作的内容变化也很多，方向切换得也很快。钟扬到实验室听小组讨论的时候，会跟学生进行交流，讨论每个学生的课题进度。紧接着他又要去给本科生讲课，要去给学校领导或各种类型、职业的人，讲一些相关的内容。例如，钟扬经常会下午五六点在上海开完会后，接着坐晚上的飞机赶到成都，第二天早上五六点起来，从成都机场赶到拉萨，大约一两点，到西藏大学跟老师们开会。

即使在上海这边，有时候学生去研究生院找钟扬，他也是在各种会议的间隔时间出来见学生。在钟扬研究生院的办公桌上，东西一直摆得很满。有时候，钟扬要是低着头，来找钟扬的人进门看过去，只能看到桌上堆着的厚厚的材料。钟扬的包经常放在他椅子后面，包里都是随时出差要用的东西，包括办公用品、生活用品。除此之外，他还要带学生，还要翻译著作。所以，钟扬必须随时带着那些相关物品。他身上的衣服，也是简单的几套，反复穿着。正式一些的衣服，只有办公室里挂着的那一身西装。只要从拉萨或从其他地方回来，马上要开一个正式会议，他就会立刻换了西装去开会。

成果突出，获奖不断

虽然行政事务繁忙，但学术研究一直是钟扬的工作重心。

2005年9月，上海科技教育出版社出版了钟扬和李作峰、赵佳媛、赵晓敏翻译的美国菲利普·R·赖利所著《林肯的DNA以及遗传学上的其他冒险》一书。该书包括24篇短文，共分6个主题，涵盖了一些重要的遗传学话题。

不久，钟扬受聘担任上海科技馆《自然与人》杂志社编委，这与钟扬对自然的热爱分不开。不仅如此，钟扬不管有多忙，他都喜欢将听到的、看到的事件编成一个个小故事登在杂志上，并且乐此不疲。对于科普，他也是这样充满热情。钟扬小的时候，没有书看了，就翻出《十万个为什么》，不厌其烦地看。他喜欢科普，更喜欢给中小学的学生普及科学知识。他认为，让孩子从小爱上自然科学是一件好事。

在给学生进行科普的过程中，他不会让学生们听着像掉书袋，而是尽量做到趣味盎然。钟扬的科普讲座，会以很多科学家的故事为例，比如达尔文的故事、熊猫因为抑郁吃竹子的故事、海蜗牛奇妙的生活史等等。除此之外，钟扬还担任中小学科普顾问，还参加了由复旦二附中主办的杨浦网上公益学堂"名师讲坛"，做"如何设计生物学'小'实验"专题讲座。

上海科技馆和上海自然博物馆，是钟扬进行科普的主要场所。2001年APEC的主会场设在上海科技馆，钟扬团队是上海科技馆的设计主力。2008年，钟扬担任上海科技分馆自然博物馆的顾问和评审专家。2013年，上海自然博物馆迁建新馆，图文展示稿均由钟扬撰写。新馆计有知识性图文板块近500块、近

6000个动植物展示标签、1000余幅科学绘画及配文。钟扬只要一有时间，就抓紧审稿。每次出差回上海，第一时间，就会赴研讨会。他任劳任怨，丝毫没有将任何负面情绪和工作压力带给他人。2014年"五一"假期，为了加快工作进度，钟扬和博物馆工作人员开了一天的会，等到会开完了，钟扬邀请大家一起吃饭，他做东，后来大家才知道，这一天是他的生日。

所有事情，钟扬都亲力亲为，只要他能做到的，他绝不推辞。钟扬在西藏采集种子，发现当时博物馆缺少一个物种"温泉蛇"，这对一个植物学家来说，是有一定难度的。第二年，钟扬就找到了，并按照博物馆提供的制作方法，做成了标本送给了博物馆。这足以显示出钟扬作为一位生物学家的自觉，更显示出其宽以待人、严于律己的品格。

2005年年底，钟扬从日本国立综合研究大学院毕业，获生物系统科学博士学位。同时，钟扬、张文娟、王莉、赵佳媛所编著的《基因计算》一书由上海教育出版社出版。这本书包括基因与计算、基因可以计算、向基因学习计算、让计算为基因服务共4章，帮助读者较全面地了解基因科学知识及基因科学在工业、农业、医学等诸多方面的应用价值。该书荣获上海市科技进步奖。

2005年，钟扬入选教育部"新世纪优秀人才支持计划"，钟扬作为通讯作者，发表论文"MPSS：An integrated database system for surveying a set of proteins"。

他还获得了日本综合研究院大学颁发的论文博士（理学）学位证书。他的学术活动更加密集：

2007年6月16日至29日，全国医学细胞生物学讲习班在上海第二军医大学举行，钟扬受聘担任讲习班教授，讲授生物信息学；

7月27日，钟扬撰《道德底线干细胞研究试探中》一文刊登于《第一财经日报》；

8月，钟扬作为通讯作者，发表"*Solution structure of Urm1 and its implications for the origin of protein modifiers*"；

10月27日至29日，钟扬在台北参加2006年国际医学资讯研讨会暨亚太区医学资讯研讨会，获大会感谢奖；

10月，钟扬受聘担任《微生物学报》第九届编委会编委，任期5年；

11月16日，钟扬所撰《引用率低下说明了什么?》刊登于《社会科学报》。本文被《中国高等教育评估》2006年第4期转载，并收入博芬、王雪编《大学怎么了》一书，2016年2月由上海社会科学出版社出版。

同年11月20日，《武汉晨报》刊登杨梅撰《神童到中年》，介绍钟扬考取少年班及后来教学科研经历；11月24日，钟扬获得上海市科学技术奖二等奖；

12月，钟扬受聘担任《植物学报》编委，任期2年；

同年，钟扬作为并列通讯作者的论文"*Solution structure of Urm1 and its implications for the origin of protein modifiers*"发表于《美国科学学院报》。钟扬与施蕴渝合作，在中国科技大学研究获得Urm1泛素结构的基础上，建立泛素超家族的进化关系，提出Urm1作为分子化石的新见解，并提出基于结构信息的进化分析新观点。同时，钟扬作为通讯作者，发表了论文"*Genetic diversity and population structure of Lamiophlomis rotate（Lamiaceae），an endemic species of Qinghai-Tibet Plateau*"，并主持了青藏高原植物遗传多样性与群体结构研究，涉及植物包括红景天、独一味、点地梅等，为青藏高原特有植物的保护与利用提供了科学依据。

2006年至2009年，钟扬作为PI（Principal Investigator）

之一参加上海交通大学附属瑞金医院陈竺院士领导的日本血吸虫全基因组分析工作，负责动物分子进化树建构和适应性进化检测，对 300 000bp 以上长度序列进行了系统发育分析，对 5000 个功能基因进行了适应性进化监测，获得了血吸虫进化及其宿主间相互作用的分子证据。

钟扬作为通讯作者的论文"*PlantQTL-GE：a database system for identifying candidate genes in rice and Arabidopsis by gene expression and QTL information*"发表于 *Nucleic Acids Research* 杂志 2007 年第 35 卷。农业生产耗水量中，水稻占 70%。但我国云南、贵州等偏远的缺水山区也种植着水稻，这些水稻相比水源充足地来说，具有很好的耐旱性。2003 年，上海农业生物基因中心选育出世界上第一份杂交旱稻不育系"沪旱 1A"。2004 年，世界首例杂交旱稻组合出现在上海。而钟扬"*PlantQTL-GE：a database system for identifying candidate genes in rice and Arabidopsis by gene expression and QTL information*"这篇论文表明了水稻 QTL 和基因发现数据库及 C3 植物光合作用代谢模型，通过计算机模拟，发现缺水状态下其代谢通路间的协调性增强，为水稻抗旱基因挖掘和节水稻机制研究提供了理论依据。

这一时期，钟扬担任了中国生物物理学会生物信息学与理论生物学专业委员会常务理事、专业委员会主任。

钟扬不仅科研成果突出，而且获奖消息不断。钟扬继获第 21 届上海市优秀发明选拔赛优秀发明二等奖之后，其参与编写的《基因宝库》丛书获上海市科学进步奖（科普类）二等奖，钟扬主编的《基因计算》一书作为丛书的组成部分，介绍了生物信息学和计算生物学的理论与应用。这是上海市科技进步奖首次设立科普类奖项。

2008年1月25日，钟扬为第二完成人的"被子植物重要类群的分子系统发育重建与适应性进化研究"项目获教育部自然科学一等奖。同时，钟扬为主要参与者开展的"青藏高原特殊生境下野生植物种质资源的调查与保存"项目，得到175万元经费资助。

与此同时，钟扬担任了 *BMC Bioinformatics* 期刊副编辑。2008年1月，受聘担任《科学通报》编辑委员会委员，任期5年。

不久，由钟扬、张文娟、梅旖、王莉翻译的杨子恒著作《计算分子进化》由复旦大学出版社出版。本书包含核苷酸置换和氨基酸置换模型、系统发育重建的常规方法及最大似然法与贝斯推断法、分子钟检验与物种分歧时间估计、适应性进化检测以及分子进化模拟技术等章节。

同时，由高校生命科学基础课程报告论坛组委会编写、由高等教育出版社出版的《高校生命科学基础课程报告论坛文集（2007）》，收入钟扬撰写的《宏观生物学与交叉学科人才培养的理念与实践》一文。

钟扬和耿宇鹏撰写的《生命的街拍》作为"封面故事"，刊登于《生命世界》2008年第10期，同期刊登了钟扬、赵佳媛撰写的卷首语《倘若生命逝去节律》。

2008年年底，约翰·M·巴里著的《大流感——最致命瘟疫的史诗》由钟扬和赵佳媛、刘念译，金力校，由上海科技教育出版社出版。此书曾获2008年度上海市优秀科普作品、2009年引进版社科类优秀图书奖、上海图书奖一等奖。

同时，钟扬受聘担任中国植物学会植物分类与系统进化专业委员会副主任，任期5年。

这一年，钟扬在西藏曲水县达嘎乡的雅鲁藏布江边，为中国西南野生生物和种质资源库采集到了第一份种子。他和西藏的联系开始更加紧密起来。

第七章 把自己奉献给西藏的教育事业

毅然决然支援西藏建设

　　西藏大学的发展，始终没有离开上海的支持。早在1974年，上海市就下发了支援西藏高校建设的通知，要从全市高校中抽取教师赴西藏拉萨，并负责把西藏师范学校提升为西藏师范学院这一项目的工作。每批援藏教师任期2年，开展基础建设、招生、教学等一系列工作。

　　1975年，西藏师范学院成立。1978年，第三批援藏教师共33人抵达西藏师范学院，其中来自复旦大学的教师有13人，吴千红就是其中之一。

　　1978年至1980年，吴千红担任了数理系生物学教研组组长。西藏师范学院地处偏远，优秀教师资源缺乏，而且经济基础、教学基础都不高，尤其是生物教学，连最起码的标本都没有。于是，吴千红带领师生一起去采集标本。吴千红在职期间，共采集了2000多个植物标本和1000余具鸟类等动物标本，为生物教学提供了最基本的保障。

　　1978年，从湖南师范大学毕业的刘少初，被分配到西藏师范学院任教，从此在西藏开始了他的科学研究与教学工作。这一年，刘少初与吴千红在工作中结识，从此成为很好的同事与朋友。而钟扬产生到西藏进行考察这个想法，就缘于这两位教授。

1993年，钟扬参加国家基金委的一个会议，中国科学院昆明植物研究所的周浙昆研究员在会上谈到西藏。让钟扬第一次对西藏这个地方萌生了想法。

2000年，钟扬到日本拜访日本教授长谷川政美时，就提起过西藏的种质资源。而长谷川政美对此也颇为有意，他对西藏有着十分强烈的向往之情，计划着有朝一日去西藏进行实地考察。

2000年8月，国务院副总理李岚清、教育部部长陈至立来到西藏大学，作出"重点支持西藏大学建设"的指示。

2001年6月，中共中央第四次西藏工作座谈会提出"集中力量办好西藏大学"的要求。

2001年8月17日，钟扬组建的6人小组，第一次去西藏进行为期10天的野外考察，同行人员还有长谷川政美、顾红雅、施苏华、任文伟、张文驹。这次的野外考察深深地吸引了钟扬，也是钟扬此后将自己大部分精力转向西藏的一个转折点。

钟扬在武汉植物研究所工作时，就已经知道武汉植物研究所出过不少植物分类学家，如老一辈植物学家傅书遐，他曾写过中国的高山植物志。写植物志，是需要做野外资源调查和搜集工作的。过去的植物志，基本上是以形态学方式进行分类研究的。著名植物分类专家吴正义院士，原来在北京工作，后来因我国西南地区的植物分布最多，二十世纪五十年代初就毅然去了中科院昆明植物所。他是《中国植物志》的主编，在植物分类这一领域，是泰斗级的人物。昆明植物所也是中国最权威的植物学研究基地。钟扬选择去西藏，跟吴正义的示范作用不无关系，因为钟扬发现，西藏的种质资源相当丰富。

2001年，复旦大学继续承担支援西藏的任务。这正是钟扬期待已久的。此时他组建的6人小组刚刚从西藏考察归来，钟扬迫切希望加入援藏队伍。但他发现，复旦大学支援的是西藏师范学院，地处关中平原，钟扬难免觉得大失所望。他并不是对学校失望，而是关中平原的种质资源以及生物多样性远远不及西藏大学所处的地带。这对于一个生物学家来说，未免有些不满足。他思考良久，最终撤回了申请。他在等待机会，也在创造机会。

担任过复旦大学生物多样性研究所所长、中国生态学会常务理事的吴千红将刘少初介绍给了钟扬，这打开了钟扬进入西藏大学的大门。西藏大学的历史可追溯到1951年，这一年，进入西藏的解放军在拉萨的解放路36号办藏文干部训练班。随后，藏文干部训练班逐步发展成西藏军区干部学校、西藏地方干部学校、西藏行政干部学校。1965年，又改为西藏自治区师范学校。1975年，改名为西藏师范学院。1985年7月，西藏师范学院更名为西藏大学。

1952年，中国的大学就模仿苏联办学模式，设立文理工科、师范、农林和医学等院系，西藏大学虽然起步晚了，但也采取了这种模式。先后合并了西藏自治区艺术学校、西藏医学高等专科学校、西藏民族学院医疗系、西藏自治区财经学校，成为西藏规模最大的综合性大学。

西藏大学坐落在海拔3000多米的高原上，空气非常稀薄。最初国家动员各地支援西藏大学时，几乎没有人敢报名。钟扬不断动员同事，和他一起去西藏，为生物多样性研究做出新的研究成果。

把"根"扎在西藏

钟扬初到西藏大学时，学校的各项研究几乎都处于停滞状态，理学院没有硕士点，学校教师没有博士学位，而生物学专业没有一个教授，起步阶段可谓十分艰难。来自全国的援藏教师，期限一到就回去了，能坚持下来的寥寥无几。更重要的是，没有几个外地人能适应得了这里的环境，强烈的高原反应，让人望而却步。然而钟扬却把"根"扎在了这里。钟扬在业余时间，一直苦练藏语，听有关藏语的一些听力材料。只要是钟扬决定要做的事，总是可以做到。渐渐地，他可以用简单的藏语跟藏族同胞们交流。

2002年，上海市农业投资项目"上海市农业生物基因中心"启动，时任上海市农业生物基因中心的主任罗利军正在搜集各种生物基因。他找到了一本160多年前由藏族药学家帝玛尔·丹增彭措编著的《晶珠本草》，这本书共收录1220种天然药物，但是这些药物都生长在青藏高原，采摘难度非常大。况且他身边并无认识的西藏植物学家。正在他苦思之际，他想到了钟扬，得知钟扬要去西藏支教的消息，更让他大为振奋。罗利军将这一想法告知钟扬，钟扬一口答应。只要是和植物有关的事情，钟扬都乐在其中。

2002年之后，钟扬每年在西藏工作100多天，而这100多天包含了复旦大学放暑假的时间。他用这最适宜的时间，利用别人休息的时间工作，来西藏采集种子。如若不是对植物的热爱到了一定程度，很难有人在这样高强度的压力下工作。钟扬曾经说过："人这一辈子是为了一件大事而来！"而这件大事，钟扬做到了。

2003年，钟扬和西藏大学副教授琼次仁一起申请了"西藏大花红景天的居群分布、化学成分变化及地理信息系统研究"项目。早在钟扬还在武汉植物研究所时，就和学生雷一东做过这个方向的研究，为此，他们还专门拜访了著名植物学家傅书遐。就在钟扬打算拜傅书遐为师时，傅书遐病逝。这对钟扬来说是心痛的，也是他坚持做这个项目的一个动力所在。虽然这次没有申请成功，但是钟扬并没有放弃，他和琼次仁一起，一直在为这个项目努力做基础工作。

2002年，硕士研究生毕业于挪威卑尔根大学的扎西次仁回到西藏大学。扎西次仁在卑尔根大学师从Torstein Shohel 和 Jone Brike，学的是传粉生态学和群落生态学专业，此外，他还学过数量统计学，掌握各种排序方法。扎西次仁回到西藏大学理学院担任教师，刚好碰到前来支教的钟扬，但扎西次仁对钟扬的了解更多的是从琼次仁的口里得知的。

2003年10月，钟扬担任中国植物学会植物分类与系统进化专业委员会副主任，是年，与琼次仁合作的"西藏大花红景天的居群分布、化学成分变化及地理信息系统研究"项目申报国家自然科学基金成功，此为西藏大学第一个国家自然科学基金项目。国家自然科学基金，是二十世纪八十年代初由中国科学院89位院士建立的，是国家最高等级的科研基金。这一喜讯，无疑让西藏大学的师生们激动不已。这标志着西藏大学的科研水平向前跨出了一大步。

琼次仁在惊喜之余，打算到上海去找钟扬商谈项目事宜，扎西次仁得知后，也想前去拜访。在上海的一家小餐馆内，扎西次仁深深地被钟扬的学术热情和个人魅力所折服，便报了钟扬的博士生。收学生，尤其是为西藏大学培养人才，正是钟扬下一步想要做的事情，他当然欣然同意。扎西次仁比钟扬小四个月，都是三十九岁。这两个同龄人从此开始了亦师亦友的情谊。

　　琼次仁和钟扬的项目申请成功，无疑鼓励了西藏大学理学院的教师们。2003年以后，西藏大学申请到的国家自然基金项目越来越多，到2010年，竟多达四个。

　　2004年，钟扬的合作伙伴兼好友琼次仁被诊断出患有胃癌和肝癌，需要住院进行化疗。钟扬每次去西藏，都会去看望琼次仁，跟他讲研究上的进度，而且他会以幽默的口吻来宽慰这位朋友。琼次仁的愿望是如果还能好起来，他还想和钟扬一起去找种子。琼次仁在生命临终时，希望钟扬能满足他的最后一个愿望："我走时，你抬我！"

　　这是对一个朋友的最高敬意！钟扬履行了承诺。

　　一个生命的结束，并不代表科学的完结。钟扬决心带着朋友的遗愿，和藏族的师生们、和他自己的团队一起，把西藏的生物学做好。而他对藏族同胞一直持有一种欣赏的态度。

把培养学生的重心放在了西藏

　　钟扬之所以特别青睐西藏，是因为他觉得这儿的人跟他有些相似。他觉得藏族人不仅智慧，而且表里如一。钟扬觉得他们是自己精神上的同类，所以他在西藏很开心，他能活得很自在，就像精神上获得了一种自由。

　　钟扬2004年以后工作的重心，比如博士生培养的重心，都放到西藏那边去了。那里有一个博士生的采样项目，西藏特有植物的采样，主要是靠博士生。钟扬会选西藏一个特有物种，让他们做一些相关分析，来设计课题，因为他想把整个青藏高原的特有物种，就是那些比较能代表西藏的物种，先进行盘点。他选择了达西的菊本、独一无二的波罗花等。在钟扬的指导下，基本上具备条件的，学生都会选择西藏的物种做课题研究。

最先吸引钟扬眼球的，是西藏特有的植物——西藏沙棘。钟扬将这一课题交给学生拉琼，由他进行专门研究，钟扬给予指导。研究发现，西藏沙棘虽是雌雄异株的植物，但其无性繁殖能力很强。而45米内的沙棘，都来自一个母株的DNA结构。这一发现，对于拉琼研究空间遗传结构有很大的帮助。

2005年，钟扬的学生扎西次仁主持"西藏巨柏的居群遗传结构、化学成分变异及保护生物学研究"项目，得到国家自然基金经费资助。项目要在2008年12月完成。早在2003年，钟扬与扎西次仁、琼次仁为西藏大花红景天的居群分布、化学成分变化及地理信息系统研究进行实地考察时，无意间在西藏朗县最大的原始林区米林内，发现了胸径1～3米的柏树，枝干粗大，树冠呈塔型。这种树属于濒危物种，是1974年才发现的"巨柏"。巨柏分布在雅鲁藏布江海拔3000～3400米的地区，甲格以西分布较多。而巴结乡境内的巨柏自然保护区内有近400棵巨柏，平均高度为44米，胸径为158厘米。其中有一棵被藏民们尊称为"神树"的巨柏，高达50米，直径近6米。这种巨柏是国家重点保护植物，是西藏特有的古树。不仅如此，钟扬还和扎西次仁等人亲自到巨柏的分布地——雅鲁藏布江考察，他们在那意外发现了主要分布在波密的西藏柏木。

这引起了钟扬的研究兴趣，他把这个项目交给了扎西次仁。2006年1月，钟扬团队开展"西藏巨柏的居群遗传结构、化学成分变异及保护生物学研究"项目，得到国家自然基金20万元经费资助。从2006年到2008年的三年时间里，钟扬带领扎西次仁等人，将世界上仅存的3万多棵西藏巨柏逐一登记与研究。

2008年2月这个项目顺利完成。

在搜集巨柏资料的过程中,钟扬和扎西次仁偶遇了一位来自英国的植物学家。一番交谈下来,对方十分欣赏钟扬正在研究的项目,他建议钟扬与英国皇家邱园合作。不久,钟扬便去访问了邱园。

英国皇家植物园林邱园,是世界上著名的植物园之一,同时,也是植物分类学研究中心。该园始建于1759年,原本是一所私人皇家植物园,起初面积只有3.6公顷,后来面积扩大到120公顷。邱园拥有世界上植物品种的1/8,近5万种。邱园内的植物大都按科属种植,内设26个专业花园和6个温室园。其中包括水生花园、树木园、杜鹃园、竹园、玫瑰园、草园、日本风景园、柏园等等。而植物学科有标本馆、经济植物博物馆和相关实验室等设施。钟扬去了才发现,这个园林里根本没有西藏的植物。钟扬感到失落的同时更坚定了采集种子的决心。钟扬等人回国后,与中国西南野生生物种质资源库的蔡杰以及另一位英国植物学家在《自然》杂志发表文章,阐述全球气候变化研究中必须要有西藏的种子,并且呼吁全世界科学家关注、收集西藏的种子。

西藏巨柏之所以是濒危物种,主要是因为巨柏可以制作藏香。而西藏又是佛教圣地,自然少不了藏香。藏香的配料主要包括藏红花、雪莲花、麝香、红景天、檀香木、藏寇、冰片、陈香、甘松等。由于檀香木被过度开采,已经越来越稀少,所以很多人就把眼光转移到了巨柏上。因此西藏巨柏被大量开采,巨柏的数量急剧下降。这令钟扬和他的团队又陷入了沉思。经过钟扬和团队的不断努力,他们将西藏柏树和西藏巨柏进行比较研究,实验发现,西藏柏树可以代替西藏巨柏,成为制作藏香的原料之一。这一发现不仅保护了巨柏,也尊重了藏族同胞需要藏香的这种文化。

除此之外，钟扬和他的团队还在海拔 4000 米以上的高山上找到了香柏，而香柏的种子内含有"鬼臼毒素"，可用于治疗癌症。钟扬对圆柏属植物也很好奇，他希望能从中提取出抗癌物质。虽然钟扬没有看到这个结果，但他的学生德吉带领团队采集圆柏属的种子作为标本，回到学校继续进行研究。研究结果是令人惊喜的，圆柏属植物中，不仅有抗癌活性成分，还有抗补体活性成分和抗菌抗炎等抗感冒活性成分。

为西藏培养博士生

从 2005 年 5 月 23 日起，钟扬担任了西藏大学理学院的客座教授。钟扬实验室培养了三个藏族博士，一个哈萨克族博士，一个回族博士。钟扬认为，即使培养上海这边的学生，他们毕业后也不可能选择去西藏。只有西藏本地学生，才会留在西藏。在他看来，西藏的种质资源非常丰富，但是又闲置在那里，十分浪费。而对我国物种资源的盘点迫在眉睫，否则很多资源可能会很快消失。

钟扬去了西藏以后，他复旦的实验室招收的复旦大学本校的研究生减少了，因为研究生的名额有限。钟扬虽然招生名额有不少，但他将名额留给了西藏和其他偏远地区的学生。这些学生的能力与复旦本校培养的学生相比，有很大差距，而且发表高水平的文章也很难，能按期毕业对他们来说就已经很不错了。钟扬培养他们所付出的心血，要比培养东部地区学生多很多，而且难度要大得多，首先在语言这方面就是一个障碍。尽管钟扬在西藏的、宁夏的、甘肃的学生的学术水平不是很高，但钟扬主要看重的是为当地做普及工作。

钟扬为《上海中长期科学与技术发展规划纲要（2006—2020）》的编制工作做出了很大的贡献。2007年6月，钟扬指导扎西次仁主持的"青藏高原藏药原植物种质资源库的构建"项目，得到上海市农业生物基因中心25万元经费资助，2013年1月得以完成。2008年，扎西次仁从复旦大学毕业，成为西藏第一个获得植物学博士学位者。2013年，扎西次仁在钟扬的鼓励下，主动要求借调到西藏自治区科技厅西藏自然科学博物馆筹备领导小组办公室，负责生物标本和科普文字工作。3年之后，扎西次仁又加入了西藏自治区高原生物研究所西藏种质资源库的建设团队，成为首任主任。这是钟扬带出来的第一个藏族学生。

钟扬觉得，西藏的植物学研究虽然很重要，但是花精力培养西藏的人才更重要，所以最终他还是回到了教育岗位上。他把教育者的角色和科学家的角色，进行了互换。他原来以科学研究为主，教学为辅，后来变成教学为主，科学研究为辅。如果一开始以教学为主，科学研究就不太可能上升到很高层次。钟扬本来是抱着一心一意搞研究的决心去西藏的，但后来他发现西藏大学的研究水平不高，他非常着急，于是边采集种子边培养学生。钟扬曾经说过："任何生命都有其结束的一天，但我毫不畏惧，因为我的学生，会将科学探索之路延续。而我们采集的种子，也许会在几百年后的某一天，生根、发芽。"这也是他不遗余力为边远地区培养学生的原因，只有后继有人，采集种子的这条路才不会断。

除了扎西次仁，钟扬还积极培养西藏大学的人才，拉琼就是其中一个。拉琼是西藏大学理学院教授、博士生导师。他是西藏大学着力培养的年轻教师，2003年，西藏大学把拉琼送到挪威卑尔根大学进行深造。2006年，拉琼留学归来，就见到了在西藏大学任教的钟扬。而钟扬跟拉琼说的第一句话，就是让他不要把英语的底子给丢了。回到国内的拉琼工作很繁忙，教室、实验室两头跑。钟扬很想培养拉琼，想让他读自己的博士，但是这一愿望一直没有实现。2009年，钟扬在拉萨回上海的机场还给拉琼打电话，问他考博的问题考虑好了没有。最后，拉琼被钟扬的诚意所打动，终于整理好行装，去了复旦。5年后，拉琼博士毕业，又回到了西藏大学。一个人的梦想，传递的人多了，就成了很多人的梦想。

钟扬的第三个藏族博士学生是德吉。德吉曾在浙江大学化学系读了7年，随后又去澳大利亚访学，回到西藏后，2008年，她作为急需人才被引入西藏大学。德吉小时候的求学之路非常艰苦。德吉十一岁之前，一直在江孜县的一所农村小学就读，十一岁便离开了家到上海共康中学西藏班学习，十五岁到山东济南读高中。作为80后年轻女教师，她的学术底子非常好。钟扬在西藏大学生物系时，德吉在化学系。她专业搞化学，非常喜欢在实验室做实验。钟扬一直非常重视对少数民族年轻人的培养，就一直在观察、了解哪些年轻老师值得重点培养。当时扎西次仁还在读钟扬的博士，他和拉琼就向钟扬推荐了德吉。

有一天，扎西次仁和拉琼就把德吉叫到钟扬的办公室。进了办公室，钟扬就问德吉，有没有读博士研究生的想法。德吉当时就愣住了，因为她的小孩比较小，还在上幼儿园，根本就没有想过这个问题。况且她的丈夫在部队工作，丈夫认为德吉如果读博的话，不能兼顾学术与家庭，所以非常不支持。德吉说还没有考虑清楚，钟扬就让德吉回去跟家里人好好商量。虽然一家人都反对，但德吉的公公非常支持她，认为这对德吉的未来有好处。钟扬的肯定也坚定了德吉想要考博的决心。2012年秋，德吉来到复旦大学生命科学学院，成为植物学博士研究生。这为钟扬的人才培养梯队又添加了一人。

读博士期间，德吉的研究思路、逻辑思维、课题构思，都得到了钟扬很多指导。德吉一开始对这个专业有些手足无措。采样之前，德吉去找钟扬设计课题的时候，一直处于比较迷茫的状态，她不知道做什么比较好，也不知道怎么做。为此，德吉查了很多资料，设计了一些自己的方案，然后去找钟扬。德吉本科和硕士都是学化学专业的，所以，她想的更多的是去做青藏高原植物代谢方面的研究，但因为对植物学不了解，对用什么植物作为研究材料也没有思路。

但是德吉申请到一个西藏自治区自然科学基金项目，是研究高原的一种菊科植物扁芒菊，因为这种植物对治疗感冒效果很好，所以德吉当时想着做药物活性物质的研究。当时德吉到了钟老师办公室，谈起了她的想法，可是钟扬却没有直接回应她，他说："生命科学领域里，我们更要关注的是这种植物为什么会长在那么极端的环境里？"钟扬的一两句话，就把德吉的思路点破了，也点通了。钟扬就是这样，他真的能做到帮学生答疑解惑，这也是他带学生的特点。

德吉写完博士毕业论文，花了将近15天时间修改论文，一直都没回宿舍，待在实验室里面修改。德吉觉得自己当时论文的思路都没写清楚，语言表达能力也不是很好，就像走进了一条死胡同。无奈之下，德吉就去找钟扬。钟扬拿到论文后，一字一句地帮她改，包括改标点符号。他改了摘要，后面的就让德吉自己改，还嘱咐实验室的博士后帮她改，这让德吉非常感动，因此德吉印象非常深刻。

2016年12月末，德吉博士论文答辩。2017年6月23日，德吉拿到博士学位证书。博士毕业后，德吉回到了西藏大学，担任西藏大学理学院化学与环境科学系副教授。没多久，德吉去上海复旦找钟扬，准备申请国家自然基金课题。钟扬为此专门腾出将近一个小时，单独与她讨论，包括她将来要做的研究方向等等。后来德吉按照钟扬的思路，申请到了国家自然基金项目。

抛弃小我成就大我

2004年6月，来自新疆哈萨克族的吾买尔夏提参加了钟扬在杭州主持的学术会议。中途休息时，钟扬找到吾买尔夏提，谈到他提交的关于新疆早生植物研究的论文摘要。钟扬谈话中得知吾买尔夏提主要从形态学角度来研究植物分类，但他更想要学习分子生物学知识和相关实验技术。钟扬一听，顿时来了兴趣，这正是他的专业所在。会议结束后，钟扬便请吾买尔夏提到复旦大学实验室参观，并向他介绍了相关的专业知识。这让吾买尔夏提兴奋不已，他立即决定要考钟扬的博士生。

2005年9月，不负众望的吾买尔夏提考取了钟扬的博士生，开始了为期3年的植物学学习。初来复旦大学，先进的技术和优秀学生的学习强度，让这个来自偏远地区的维吾尔族学生无所适从。钟扬十分照顾他，经常让自己实验室的学生带一带这个有梦想的少数民族学生。吾买尔夏提渐渐适应了这里的学习节奏，学术研究上也进入了正轨。2008年6月，带着最初梦想的吾买尔夏提毕业后，在新疆农业大学建立了分子实验室。

钟扬除了带少数民族的博士研究生外，还带了着少数民族的硕士研究生，边珍就是其一。边珍是复旦大学生命科学学院信息专业2015级硕士研究生。他十分爱戴这个爱护少数民族学生的钟老师，钟扬不仅给他们足够的学术自由，还经常给予他们精神上的支持，不断地鼓励他们。如若不是钟扬突然离去，这个怀揣着梦想的男孩儿，一定还会继续攻读钟扬的博士生。

来自宁夏银川的陈科元，在钟扬到宁夏银川北方民族大学作报告时，听得十分专注，钟扬的话语一直在他耳边萦绕着。而且钟扬对少数民族学生的喜爱，让陈科元觉得离钟扬更近了。本科毕业后，他成了钟扬的学生。有一次陈科元跟随钟扬出席一个活动，按要求必须穿正装。这可为难了这个小伙子。钟扬得知他没正装时，就把自己的西装给他穿，甚至腰带也给他用，而自己只系了条绳子。这让陈科元心中很是过意不去，他下决心一定要学出样儿来，不辜负钟扬的良苦用心。

除了培养这些少数民族的学生，钟扬还发起西藏大学学生走出雪域活动。这个活动安排了80多名西藏大学的学生远赴上海学习。整个活动都是钟扬自己掏钱来组织的，但他一句邀功的话都没有，只要是对学生好的，他都愿意尽力去做。他已经抛弃了小我，成就了大我。

为了能让行政正常运转，保持部门之间的沟通，钟扬还会经常参加行政人员休闲时的打牌活动。钟扬的一句口头禅是："我能不去吗？"但是西藏有人来上海，他是发自内心地开心。2015年钟扬中风之后，暂时不能去西藏了，在西藏那边的人就为了他把会议挪到上海来开。这些西藏朋友非常讲义气，钟扬也把他们看得非常重。

不放弃每一个学生

研究生院曾经有一个研究生，本科不是"985"、"211"学校的，其他老师都满员了，就将他往外推。这个学生很着急，没有导师带，那就相当于他读不成书了，最后他被钟扬收到实验室里了。钟扬实验室有好多这样的学生，其他老师无法带的，就到钟扬实验室。有些学生还有心理问题，钟扬不忍心不带，他完全是站在教育者的角度来看待学生，在他眼里，只要是学生，他就不忍心拒绝。以至于钟扬的同事形容他们的实验室是"收容所"。钟老师说："人家辛苦来读书，成绩也不错，你总不能不要人家吧。"钟扬任职期间，收了太多这样的学生。

在钟扬学生眼里，钟老师最大的缺点就是，不愿意说一个"不"字，什么都不拒绝。有时候实验室的同事都着急，想要拒绝时，钟扬就会说："人家来了，你怎么能把人家拒绝？"钟扬是站在教师角度来考虑的，教师是不会放弃任何一个人的。虽然他们不一定会成为优秀的科学家，但肯定可以成为对社会有用的人。

钟扬的同事南蓬对这个问题有这样的看法，她说："我们实验室现在有一个复旦本科的女孩子，本科毕业准备出国的，后来因为她是独生子，家里不想让她出去，就保研了。那次正好钟老师在西藏，他当时已不怎么招复旦本校的学生。我跟学生面谈以后，就给钟老师发短信说，这么优秀的学生，我们实验室如果放弃，就太可惜了。我这样一说，他就说：'好，听你的，就要吧！'像这种优秀学生，你什么都不用操心，带得特别顺，你只要把科研方向跟她说一说，她自己就会干，自己就会学。要是实验室里都是这样的学生，科研水平肯定是不一样的，因为你跟这些学生才能讨论真正的科学问题；而有些学生，只能完成毕业，不可能去探索一个更深的科学问题。优秀学生完全可以走到科学前沿，有所创造。所以，学生是否优秀，直接影响整个实验室的科研水平。不是说钟老师搜集种子有什么不对，其实他今后可以进行更深入的科学研究。如果说，真能发现植物中的一些抗冻抗旱基因，那么转到现在的经济作物中，对经济作物是非常巨大的贡献。但问题是，这个部分需要其他人来做。对钟老师来讲，把种子基础工作做好，在此基础上将来一定会有作为。就像建一个大厦的顶尖，基础不去做，大厦也高不起来。他后来就是做大厦的基础，为国家做基础。因为他发现，资源对我们国家的农业很重要，关系国家的命脉。扎西老师那次在北京，说他挺气钟老师天天那么拼搏，把自己的命都给搭进去了！他总觉得培养科学家是他的最终目的。钟老师就是根据学生自己的兴趣和爱好，因材施教。所以，我们实验室出来的学生，做教授的不多，这跟这些学生的区域教育背景有关。"

很多藏族学生都是贫困生。有一次，钟扬就用自己的钱，把他们请来上海，那一批有几十人，他出了那趟路费和 6 天的住宿费，还安排了很多活动。他一共请来过两三次。他认为这些学生到上海来一次不容易，将来他们中间也许会产生自治区的主席，应该让他们多开开眼界。那些学生离开上海的那天，突然摸出来很多小礼物，送给接待方的所有人。那天，钟扬因为高兴喝了很多酒，就笑眯眯地对大家说，"你们看我能不去西藏吗？"有段时间，钟扬真的要求他周围的人，都做好去西藏的思想准备，说可能就只给你们半天时间准备，就会动身去西藏。他周围的人听闻，都开始锻炼身体。

钟扬明知基础方面不优秀的学生带起来会很累，他偏要招少数民族的学生，还有很多结过婚的学生。曾经有一个结过婚的学生，想让孩子上复旦幼儿园，来找他，他就帮人家去找复旦幼儿园，结果复旦幼儿园不收，他又帮忙在上海附近找其他幼儿园。钟扬很温和，不会说这个人讨厌，反倒看到表象背后的原因，觉得人民对教育期望过高。就是说，那个学生认为上海的幼儿园一定比家乡的要好。钟扬其实对学生让他找幼儿园，是不太认可的，但即使不太认可，他还是会帮人家去解决问题。这对他这样洁身自好的人而言，其实并不容易做到。

曾经有一个教师，到上海来交流。本来这个教师不是交流计划内的，是他自己跟钟扬说，想到钟扬这边来学习，钟扬就安排他过来了。来了以后，他又跟钟扬说，失眠睡不着，能不能帮他想办法，把两人间变成一人间的。钟扬就又帮他找房子，把这个问题解决了。后来钟扬才发现事实并不是这样的，那人不是睡不着，而是他女儿在这边念书，他过来陪女儿，他要找一间可以放两张床的住房，让女儿周末来住。钟扬总是做这种老好人，这也可以解释他为什么这么忙。因为他什么都不拒绝，一直在为别人忙。

钟扬有个亲戚，那个亲戚的奶奶得了白血病，爸爸得了肝癌，妈妈得了糖尿病——是严重到要晕倒的糖尿病。钟扬就设法帮他，一起做点什么，包括贫困教师到上海这边来，进行培训诸如此类的事情。钟扬周围的很多人都受过他的帮助。其实钟扬自己家里也很困难，但他从来都没说过。

钟扬有一个学生患有重症肌无力，每上一层楼，要花十分钟。如果外出坐面包车就更困难了，他根本就爬不上去。几乎需要两个人把他抱上去。这个学生当时没有办法去工作，只能先考本科，本科毕业后找不到工作，又考硕士，硕士毕业找不到工作，又考博士。钟扬把他收下来了，给他找了一个不用去野外的科研项目。钟扬为培养他花了不少心血，这个学生目前在中科院工作，很出色，已经是副高职称。在西藏尼玛县，有一个女孩，也同样患有此病，她还是一位孤儿。钟扬见状，马上联系了拉萨医院的医生来给她诊治。

钟扬有个学生叫杨桢，也是重症肌无力患者。别的导师带学生都挑条件好的人，但钟扬碰到身体不好、别人不愿意带的学生，他都收下来。别人都喜欢应届生，喜欢男生，他门下却招了好多结了婚甚至有孩子的人。

钟扬身上闪耀着人性的光辉，这是现代人身上十分缺乏的，也最难得。

把一切都献给西藏

自 2001 年，钟扬踏进西藏开始，一直到 2017 年，钟扬成为中组部选派的第六批、第七批、第八批援藏干部。在上海与拉萨之间，他做了整整 16 年的"空中飞人"。这种坚持的毅力是一般人觉得不可思议的，但钟扬做到了。

付出总有回报。钟扬的坚持也让他收获了许多，这些收获反过来又激励了他继续奉献西藏的教育事业。

2008 年 5 月 14 日，西藏大学聘请钟扬为特聘教授。

2008 年 9 月 6 日，教育部公布 2008 年度"长江学者"名单，钟扬入选"长江学者"特聘教授，工作单位为西藏大学，为期 3 年，这是西藏自治区第一个"长江学者"特聘教授。

2011 年 1 月，钟扬与西藏大学理学院党委书记徐宝慧一起去武汉大学谈对口援助工作。徐宝慧说："钟扬谈得很生动，突出了我们的特色和优势，打动了武大的领导和学者们。"3 月，钟扬受聘担任青海民族大学化学与生命科学学院"昆仑学者"特聘教授，聘期 3 年。5 月 17 日，钟扬受聘担任北方民族大学客座教授，聘期 3 年。9 月，青海省政府聘请钟扬为"昆仑学者"特聘教授。同年，钟扬被评为 2011 年西藏大学优秀工作人员。职务的增多，并没有影响他前进的步伐和决心。

2012 年，钟扬受聘担任大连民族学院特聘教授。2012 年 1

月，钟扬牵头的"青藏高原极端环境下的植物基因组变异及适应性进化机制研究"获国家自然科学基金委"微进化重大研究计划"立项资助，资助金额为280万元。这是西藏自治区首次获得的国家自然科学基金委重大研究计划项目。

2012年12月17日，教育部"创新团队发展计划"滚动支持名单公布，钟扬作为学科带头人的西藏大学"青藏高原的生物多样性与分子进化创新团队"入选，获得经费300万元，计划实施期限为2013年至2015年。2012年12月24至25日，在钟扬的积极推动下，西藏大学党委书记房灵敏一行7人访问复旦大学。西藏大学代表团与复旦大学研究生院的负责同志举行了研究生教育交流座谈会，钟扬为主持人。同年，钟扬被评为2012年西藏大学优秀工作人员。

2013年7月19日，西藏大学接到国务院学位委员会学位{2013}15号文件通知，西藏大学成为博士学位授予单位，民族学、中国语言文学、生态学共3个一级学科获批博士学位授权点。这是西藏自治区首批博士点，其中生态学博士点由钟扬主持。8月，钟扬担任西藏大学校长助理。

在此之前，西藏大学想要任命钟扬为副校长，被钟扬拒绝。钟扬为西藏大学所做出的贡献大家有目共睹，校方一再提及，钟扬都婉拒。钟扬认为，比起做行政工作，他更想去采集种子。

2013年10月23日，钟扬在复旦研究生院召开座谈会，接待了到访的西藏大学研究生处处长欧珠罗布等师生，两校就设立民族与宗教管理专业学位硕士和公共传播专业学位硕士等共同关心的问题进行讨论，交换了意见。

2014年，钟扬被评为全国"对口支援西藏先进个人"和"援藏二十年"先进个人。2014年4月14日，《拉萨晚报》刊发曾飞、王静雯的文章《以敬业友善之心追逐"教育行者"梦想——钟扬教授》。8月25日，对口支援西藏工作20周年电视电话会议在北京人民大会堂召开，钟扬参加会议并受到表彰。会前，钟扬接受时任中共中央政治局常委、全国政协主席俞正声，中共中央政治局常委、国务院副总理张高丽的亲切接见。8月29日，新华网刊发记者张京品撰写的《为高原留下科学的种子——记上海援藏干部、西藏大学校长助理钟扬》，《西藏日报》9月1日第二版刊载。9月7日，《文汇报》刊登姜澎的《在青藏高原上为全人类储备未来资源》，介绍钟扬采集青藏高原种子、为西藏培养人才的事迹。

钟扬一直坚持着一个学者的本色，学术科研成果不断产出。他和拉琼、扎西次仁、朱卫东、许敏撰写的《雅鲁藏布江河岸植物物种丰富度分布格局及其环境解释》刊登于《生物多样性》2004年第22期。11月22日至29日，钟扬去德国 University of Giessen 参加该校与西藏大学、德国 Excellent Cluster Cardio Pulmonary System（ECCPS）联合举办的中德高原医学双边研讨会。

2015年，钟扬五十一岁。这一年，他被评为2014年度西藏大学优秀工作人员。这一年，钟扬在西藏大学指导的第一批生物学研究生顺利毕业。

此后，钟扬的工作节奏又加快了，几乎马不停蹄地奔走于西藏等地。

2016年，钟扬在复旦大学召开关于"高原生态环境保护与人群健康"学科领域建设方案研讨论证会。在河西学院河西讲堂作"青藏高原的生物多样性与分子进化——15年研究回顾"学术报告，出席河西学院学科建设暨微藻工程中心专家指导委员会会议。

2016年6月27日，钟扬脑溢血后第一次进藏，商讨西藏大学农牧学院独立后博士点去留问题。

钟扬作为第七批援藏干部的工作使命结束了，西藏大学党委组织部出具对钟扬的评价："援藏期间表现突出，建议提拔使用或晋升职级。"面对离开和留任，钟扬做出了继续留守西藏的选择。8月1日，西藏大学召开援藏干部人才欢迎会，欢迎作为中组部、教育部第八批援藏干部的钟扬。

钟扬继续扎根西藏大学，埋头科研。2016年10月11日，教育部"创新团队发展计划"滚动支持名单公布，钟扬作为学科带头人的西藏大学"青藏高原的生物多样性与分子进化"创新团队入选，获得经费300万元，计划实施期限为2017年至2019年。

2017年，钟扬五十三岁。9月5日下午，钟扬从成都乘飞机至拉萨，到纳金校区图书馆学术报告厅，为全校2017级研究生作"做一个合格的研究生"报告。这是钟扬最后一次为西藏大学学生讲课。9月6日中午，钟扬从拉萨乘飞机返回上海。这也是钟扬与西藏的诀别。

9月9日，西藏大学5名学位点负责人赶到复旦大学，请钟扬为西藏大学中国语言学文学点的博士评估材料修订做指导。从下午两点持续到晚上九点，事后5位学位负责人才知道，这天正是钟扬双胞胎儿子大毛、小毛的十五岁生日，钟扬为了能及时保质保量地完成西藏大学的工作而没有陪儿子过完生日。

功夫不负有心人。9月21日，教育部发布了"双一流"大学名单，西藏大学生态学入选一流学科。随着学科建设的加强，西藏大学研究生招生规模也逐渐扩大，之前一个连10个名额都不到的学院，2017年仅生态学专业就招收了21名学生，生物学科就招收了9名学生。钟扬培养了7名少数民族博士。

不仅如此，钟扬还邀请2008年诺贝尔生理学和医学奖获得者哈拉尔德·楚尔·豪森到西藏大学做讲座。为了让西藏大学的学生们学习空间更广，钟扬推动了与武汉大学学生联合培养的"1+2+1"模式，该模式实行的流程是：大学一年级，在西藏大学遴选出优秀的本科学生，大学二、三年级到武汉大学学习，大四回到西藏大学。2017年，西藏大学有22名本科生、8名硕士研究生到武汉大学学习。

第八章 浪漫主义情怀实干主义精神

文学情结和艺术梦想

钟扬一直有一个文学情结。

他曾经把自己的两本著作通过微信发给好朋友黄梵，叮嘱他一定要看一看。其中有一本是翻译著作叫《林肯的 DNA》，钟扬的语言依旧干净利落。这本书让黄梵意识到，钟扬依然有浓烈的写作情结和不凡的写作能力。

2016 年，钟扬有了在复旦大学为研究生办写作班的想法，计划采取暑期短训班的形式，他希望由黄梵来主讲。钟扬希望和黄梵一起办个特别的班，既介入文学创作，又涉及科技写作。黄梵讲授创意写作，钟扬讲授科技写作。钟扬的工作效率特别高，只要他认定的事情，就一定能办成。不久，钟扬告诉黄梵，这个写作班办成了，他还托黄梵邀请来了哥伦比亚大学的写作教授罗帕特，收效明显。

校园写作班的成功举办极大地鼓舞了钟扬，他后来又和黄梵商量，再办一个面向社会的写作班，致力于把创意写作与科技写作合二为一。钟扬希望通过这种形式，一方面提高科学普及度，另一方面激发大众对写作的热爱。

这种想法，钟扬其实在办写作短训班之前就有了。钟扬曾经办过一场讲座，讲座面向小学生和家长。当时钟扬就请黄梵过去跟他一起讲，他讲科技写作，黄梵讲创意写作，合成一场文理兼顾的写作专题。钟扬觉得，很多素养都得从小培养，这样即使年龄增长，很多根子里的东西也很难改变了。钟扬想用这种方式启发学生和家长：写作对任何人来说都很重要。

钟扬意识到，中国古代是十分重视诗教的，而且美国中小学一直有诗教，反观我国教育，这一意识正在淡薄。在美国，英语写作是每个大学生的必修课。培养写作能力是很重要的，因为语言表达和人的思维，与写作分不开。

钟扬自身对写作的热爱，自不必多说。钟扬有一个大的写作计划。据黄梵回忆：

"有一次，他到南京来找我，当晚我请他去了夫子庙的一家茶社。那晚，他坐在秦淮河边，谈起喝酒这件事。他戒酒前，算得上是一个酒仙。他说他很想写一本喝酒的书，他有跟各国学者喝酒的丰富经验和无数妙趣横生的故事。比如，跟俄罗斯的学者，应该怎么喝；跟日本这种东方学者，应该怎么喝；跟美国那些西方学者，应该怎么喝。他非常有心得，光从喝酒这件事，就能看出一个国家的文化，一个学者的素养。他的体验和观察太多，得用一本书才装得下。听了他的话，我倒激动起来，便让他赶快写，我来帮他出。他还说，这些故事也可以给我写成小说。我当即回答他：'你这些故事不要讲给我听，你还是自己留着写成散文，写成非虚构作品，这本书会有你这个学者的独特风格，对大众来说，这个由喝酒构建的自我，妙趣横生，富有魅力。一个生物学家，既有文学情怀，又有喝酒的浪漫，身上还续接着中国古代的狂士文化，这样的精神气质，反正我这样的作家身上是没有的。'我虽然来自楚地，按说该有楚文化的野性和浪漫，但我已经被江南同化了，他身上还有。我知道这本书要是写出来，会别具一格，饶有趣味。"

但钟扬特别忙，每隔一段时间，黄梵就问钟扬有没有动笔，钟扬总回答说没有。后来，黄梵也有些着急了，他认为钟扬的想法构思都非常好，语言干净利落、妙趣横生，写出来的东西肯定会很出众。黄梵甚至找了一些别人的文章，作为体例发给他，供他参考。后来，钟扬确实也写了一点散文，但都不是关于喝酒的。钟扬太忙了，他几乎没有时间静静地坐在书桌前写那篇关于喝酒的文章。黄梵觉得假如钟扬不是一位科学家，他一定能成为一位作家。

钟扬对电影艺术也有着异乎寻常的兴趣。钟扬认为电影的影响力广泛，学者应该把电影借用来传递思想。他很希望把自己的一些特殊经历通过电影表现出来。钟扬多次和黄梵聊起英国登山家乔·辛普顿，辛普顿在登山失败返回途中，无意间发现了高山雪莲。他钦佩乔·辛普顿对失败的坦然接受和对诚实的坚守。

钟扬很认真地对黄梵说：

"我们过去对登山、对科学的研究，都会赋予一种所谓成功的意义。登山一定要成功，科学研究攻关一定要成功。这是一种比较糟糕的观念！其实登山，有时候失败比成功更有价值，它体现的是一种精神；在科学研究方面也是，你做了很多次攻关都成功不了，但它体现的这种精神是代代相传的！"

这个感受，黄梵从心底赞同。黄梵认为："一般人往往只看到成功的光环，忘了光环背后的支撑是什么。成功其实是由无数失败累积的一座珠峰。失败者的经验对成功来讲才至关重要。"

钟扬还跟黄梵商量，能否拍一部电影，通过一个植物学家去西藏寻找雪莲的失败故事，把登山和植物研究结合起来，传达出一种精神，即"对失败和诚实的敬意"。好友黄梵很快写出了梗概，他打算先写小说，再找人写剧本，拍电影。钟扬希望自己成为这部电影的原型，还给电影取名《失败者》。黄梵说："结尾出现了一个长得像辛普顿的英国学生，这是典型的钟扬式的调皮。我主张影片应该在生物学家接受失败，带领学生返回城市的途中戛然而止。但钟扬希望加上他这个结尾，据说这个结尾已在他脑海里萦绕了好几年。我知道，这个结尾是钟扬希望寻找到文艺片与商业片的结合点。"

那么，钟扬所说的这个名为《失败者》电影到底讲了一个什么样的故事呢？让我们来看一下故事梗概：

一个中国生物学家在本系学术沙龙上作报告时，提出通过研究过去的资料发现英国人辛普顿曾在6000多米的高山上发现过高山雪莲，当场遭到同行质疑。该生物学家心有不甘，为了让同行心服口服，决定带学生远赴西藏，亲自重走辛普顿的路线，寻找高山雪莲，同时路上一直在阅读辛普顿的传记。辛普顿原是居住在尼泊尔的英国官员的儿子，爱上了登山；父亲去世后，他跟母亲回英国接受贵族教育。成人后，为了登山，他再次来到尼泊尔，通过开办茶园积累登山资金，在此期间，他发明了阿尔卑斯式登山，并开始实践。他有个追随他的藏族学生。他俩连续征服了三座山峰，但在征服一座海拔7000多米的山峰时，始终未果。某次回程途中，在海拔6000米的地方，发现了高山雪莲。之后，辛普森放弃了登顶的尝试，也没有接受他人的建议——找很多帮手帮忙。该生物学家受传记启发，决定带学生采用阿尔卑斯式登山，但始终没有找到雪莲。学生们建议采用金字塔形兵站式登山去找，他们认为找到雪莲是关键，登山方法并不重要。生物学家因高原反应，因学生们反对，内外交困，内心矛盾不已。一天，在学生们的劝说下,他决定采纳折中方案,即雇辛普顿当年的藏族学生和他的女儿,采用阿尔卑斯式登山去找雪莲。那天据说父女俩找到雪莲了,但因雪莲长在一处斜坡上,令父女俩无法接近,没有采摘回来。学生们认为,这足以说明他们证实了海拔6000多米的地方有高山雪莲,但生物学家认为不算。第二天,他在有高原反应的情况下,亲自带一名学生,采用阿尔卑斯式登山去寻找。路上,师生俩均产生了幻觉,似乎看到了高山雪莲,但两人不能肯定。事后,生物学家否定他们找到了高山雪莲,认为证据不足,同时决定,像辛普顿一样放弃寻找,接受失败。他认为诚实、失败,比成果和成功更重要。后来,他远赴英国大英博物馆查找资料,在门口碰到了一个很像辛普顿的人。过了半年,有个英国学生远赴中国,来追随他研究生物学。见到该英国学生时,他惊得目瞪口呆,因为这学生长得完全像年轻时的辛普顿……

除了这一个电影的想法外,钟扬还有另拍一个纪录片的构思。

2017年5月某天早上六点,钟扬从拉萨出发赶往墨脱进行植物学野外科学考察,同时,钟扬还专门去了背崩乡上海印钞厂希望小学。这所小学是原来上海印刷厂副厂长、离休干部陈正创建的。陈正打算在西藏墨脱当老师,但墨脱的经济条件十分落后,孩子们的教育都是一大难题。陈正不会藏语,他向一位十二岁的门巴族小女孩扎西玉珍学习藏语。学习的过程中,他深深地感受到了这里人们的朴实和孩子们的天真无邪。暑假到了,这个"小老师"也要回家了,跟陈正告别后,便踏上了归途。这一去,扎西玉珍便再也没有回来——她在返校途中,由于食物中毒,倒在了路上,再也没有醒来。陈正为此万分悲痛。

平静下来后，陈正找到了当地政府，提出要建立一所希望小学。办希望小学需要资金支持，于是陈正就回到上海印刷厂，这一想法得到了职工的大力支持。筹集了60万元，七十六岁的陈正又拿出自己的积蓄去了墨脱。在艰苦的条件下，建学校成了很难的一件事情。建筑所用材料根本没有交通工具运输，只能靠人力。这位老人全程陪着这些人，直到建成。1998年9月1日，学校开学了，这对陈正、对上海印刷厂、对当地的孩子们来说，都是天大的喜事。

钟扬第一次来到这个小学进行科普讲座的时候，就深深地惦记着这个学校的孩子们。在上海，钟扬和上海大学、上海电影学院执行院长何小青、摄影系副教授敖国兴、纪录片导演刘深讲述了这所希望小学的来历，希冀能拍摄一部纪录片。

虽然这部纪录片没有拍成，但钟扬却见证了另一部纪录片的诞生。这部纪录片，是关于他自己。

2013年，钟扬入选上海市"为人为师为学"先进典型，上海市教卫工作党委、上海市教委组织摄制组，远赴西藏实地拍摄了记录钟扬事迹的纪录片《播种未来》。该片一举斩获2013年微电影节金奖。《上海教育》2013年第34期刊发王威鹏、计琳的文章《钟扬播种未来》，知网空间在该文摘要栏里写道："为盘点世界屋脊的生物'家底'，寻找一种最高端人才培养的援藏新模式，他一次又一次地走进西藏，走进那些最偏远、最荒凉、最艰苦的地方。"

为每个少数民族培养一名博士

跟钟扬在生物学学科合作的科学家非常多，但是生物学这些老师，特别缺乏的，就是钟扬所擅长的计算和理论建模能力。钟扬做的科研，更多的是与其他科学家的合作，比如与做病毒的学者合作 SASR 等方面的研究。因为钟扬毕竟不是生物学科班出身，钟扬在合作中利用自己擅长的方面，做理论上的研究。钟扬参与到整个研究中的某一部分，整个生物问题的提出和项目的创意，是由一群生物学家来完成的。这也是钟扬为什么能这么快地进入到生物研究领域的原因，因为他学习的是无线电专业，很多项目都适合用他的理论方法去做。

钟扬很少自己独立去做一个很大的科学项目，这也导致他对研究成果的态度是比较倾向于合作与分享。钟扬很多获得奖项的项目，都是与他人合作完成的，也都不是他主导的项目。科研项目以合作为主，就会造成课题的资金很少，试验进度就会受到影响。在发表文章这一方面，在很多论文的作者排名上，他一般是并列通讯作者，或是并列第一作者，而在很大的项目中，并列作者有时有 100 多人。这种方式，也影响到钟扬对植物学研究的态度。钟扬更多关心的研究成果，是它对于人类整体的意义，而非对个人名利具有的价值。钟扬认为，一个人很难单独去完成什么事情，很多重要的事情一般要靠很多人的努力。所以，钟扬把植物学和生物学的研究者们，看成是一个合作的共同体。他从自己的角度出发，去做一些非常基础的研究，相信将来一定会有前仆后继的合作者，把研究推到高水平，并且寻求突破。但钟扬的研究，一直是课题组最主要的科学方向。

钟扬把工作重点放在为西藏培养人才以及进行基础的科学研究工作以后，对复旦这边团队的发展影响很大，因为实验室就相应缺少了科研力量。西藏那边的团队，自钟扬前去支援后，评上了很多教授。当然西藏大学评教授和复旦大学评教授的指标不一样。西藏大学的要求是有两篇 SCI 就可以，但复旦大学要求是发一区二区的 SCI 论文，普通的 SCI 论文是不够标准的。

关于这一点，南蓬认为："三四区 SCI 我们都能发，但发一区 SCI 论文的话，往往需要有一个团队，而且还要有一定的经费。说直白些，现在很多的研究也是用钱堆出来的，没钱你也做不出来。钟老师一直不这么认为，他认为只要有好的 idea，一定能做出杰出的成果。这个可能跟钟老师自己偏向生物理论有关，他觉得只要有了创意，实验最终是可以用时间解决的，现在做不了，以后再做。但现在好多的生物科学论文，实际上就是大数据，大的样本量。最近几年的很多 SCI 论文，包括医学的、植物学的、动物学的，都是上百个样品，上千个样品的高通量测序。有时一个样品，就是将近上万元。像这些项目，我们根本想都不用想，也不能去做，因为我们实验室没有经费。"

复旦大学钟扬的课题组算起来有四个老师：钟扬、长谷川政美、米泽、南蓬。其中两位日本教授主要做动物进化方面的研究。而南蓬做植物资源这一方面的研究，主要是做药用植物资源的代谢研究。由于南蓬本科是学化学专业的，钟扬以及他的一些学生收集来的植物，就交给南蓬做成分分析，同时研究这些化合物是怎样在植物中合成的。南蓬认为：

"我这方面的实验需要钱，要做实验，恰恰又缺钱，课题组一直都只有很少的经费，很少有足够多的资金，不可能做出大的成果。当然，也有经费少能做出大科研的，但普遍的情况是，实验上充足的经费更容易出大成果。目前，团队只剩我一个人了，米泽老师今年初已回日本。钟老师搜集来的大量植物资源，也没有资金去开展更广泛、更深入的研究。没有资金，也没有人力去开展。确实在他选择西藏之后，复旦这边的团队付出了相当大的代价。可能也跟我的心态有关。记得2008年还是2009年那会儿，钟老师跟经佐琴老师说，南蓬现在的心态很好。经老师原来是我们实验室的后勤管家，2010年也退休了。我没有太多的精力去那么拼了，我也不太可能去发表那么好的文章，因为我觉得还是有难度。你没有好的学生，没有钱，很难做出好的工作。钟老师在西藏那边，自己带了一个团队，植物采集都是由西藏团队完成的。有些西藏学生，还是会过来在我这边做实验，但自身研究条件并不算太好。钟老师在西藏大学的团队里，有教授、副教授和学生。现在复旦的教授，基本上是直接从国外引进，讲师基本上不引进了，副教授已成为最基本的教学力量。那些在国外是教授、副教授，甚至是助理教授的人被聘用到复旦后，身份都是教授，学校直接给资金和政策。现在有些人才引进政策，对国内本土人才是不利的。像我们要在国内评教授的话，难度还是非常大的。"

对于钟扬的这种做法，学生也是看在眼里，急在心里，着急却又没有办法。对此，王莉说：

"他（钟扬）没有特别为自己整个团队的发展着想。他对自己的学生，跟其他学者的做法不太一样。可能他有自己的顾虑，但是我想，除非你就想安安心心地只做自己的那一份研究，但他做了很多事，是真的需要团队合作的。很多学者在发展自己的团队时，就相当于建立了自己的权威，扩散了自己的影响，很多教授都是这样做的，但也就形成了学阀。无论是生科院，还是研究生院，他基本上没有留过自己的学生。我能理解他有高尚的情操，但他的梦想肯定是要团队去实现的。这点我不太理解。如果不这样，很多学生只能是外围成员，很难真正帮他分担研究工作。比如，在教育方面我可以分担一部分，但西藏部分我就分担不了，因为没有这个身份。只能眼看着老师把自己累垮。有时，我大概也能理解，比如说在西藏，他可能想留自己的学生。在一个全部是他设计的新地方，他想留自己的学生，就是说，他要重建一个系统。如果留的学生是复旦的副教授——因为学生留下来自己要评职称，就有自己的本职工作，除非建一个类似西藏大学的创新团队。这个团队的建立，就是为了做某项研究的，在研究上有纯粹性。他可能考虑得比较多，第一，可能也为了不妨碍学生自己的发展；第二，想建立真正能做事情的团队。但这类似鸡和蛋的关系。如果完全没有团队，后面也无从谈起。我觉得老师一直是理想主义者。年轻的时候可能少年老成，但真的到了成熟年龄，他反倒有了少年情怀，就是永远的理想主义。你会发现他的想法层出不穷！他每次都像小孩一样欢呼雀跃，说，'我有个想法，我们来试试。'那种感觉特别好玩，特别能激励年轻人。他身边永远就是那种学生，每次都感觉被点燃了，满脑子火花。"

钟扬对西藏的科研有着一种情感，这种情感让钟扬在西藏持续待了那么多年。17年来，钟扬对于藏族文化了解了很多，他认为这对他也有很多的帮助，因为他对这种价值观或者对藏族的尊敬，接触过他的人从他的言行举止都能感受得到。虽然西藏大学科研条件比较薄弱，但钟扬一直慢慢引领学生，让他们对科研感兴趣，年复一年地去提升他们。钟扬在西藏奔波的日子里，对当地人十分尊重，他会投入精力和他们接触，为他们做事，比如钟扬协助西藏大学申请到了硕士点和博士点。同时钟扬会花时间来了解西藏民族文化，直到后来都能听懂藏语。慢慢地，当地的藏族老师和同学都比较尊重钟扬。钟扬提的最多的，就是希望在西南地区，或者说在这些落后的地区，为每个少数民族培养一名博士。

钟扬热爱西藏，把工作中心逐渐放到西藏大学，是因为在那边他很自在，大家也真心感激他；他做成了很多事情，大家真心地佩服他。不管是谁，总是愿意听点赞扬的话，最主要的是，藏族人很淳朴。在西藏采种子时，钟扬喜欢给遇到的藏族小孩一些零花钱，虽然只是几块钱，但是钟扬觉得西藏偏远地区的家庭条件普遍不好，这虽然解决不了他们的困难，却也可以让孩子开心地买些学习用品，这是他能够做到的。有一次，钟扬在饭馆请学生们吃饭时，和饭馆老板的孩子玩得很是愉快，不无例外，钟扬依旧给他们一点"零花钱"。结账时，饭馆老板只收了些本钱，其他的都不要了。钟扬很是感动。藏族人有一种天然的淳朴，这种淳朴会让人寻得一份心灵的温暖。

钟扬喜欢西藏，并不是只为了援藏这份工作。以前当他有烦恼的时候，他还以喝酒来排遣，后来也不喝酒了。钟扬想推动很多事情，推动的过程会受到很大阻碍，他有太多的好想法，包括建议西藏大学建立成都分校，这样可以吸引愿意援藏但身体条件不适合的人，能去成都分校参加援藏工作，把西藏学生和援藏学者们一起集中到成都上课和培训。

除此之外，钟扬一直在为西藏大学考虑，如果西藏大学不容易引进一流人才，就引进一些青年人才。让他们去锻炼半年，上课时间也不要太长。他会像做调研一样问自己的学生："如果待半年，大概待遇要多少，和你差不多大的青年学者才能接受？"

钟扬认为这样就可以把不能长期在西藏工作，但是短期在西藏工作没问题的青年学者吸引过去，给当地带来最新的知识。一旦这些青年学者被吸引过去，或许有些人就真的愿意留下。很多人不便援藏，因为要在那里工作满三年，他们担心身体压力太大。

虽然钟扬在复旦大学实验室的学生和同事很着急科研和经费问题，但钟扬的情怀他们是可以理解的。不管在哪，钟扬都是浪漫主义情怀和实干主义精神相结合。他宁愿让自己人吃一些亏，也不愿担着名分，却做出一些违背本心的事情。国家、社会、小我，这个小我，钟扬永远把它排在不知名的角落里。

第九章 为真正的科学发现打基础

从人类整体发展考虑问题

钟扬之所以把研究重点放在选择搜集种质资源上，是因为中国现在很多的种质资源都被国外掌控着，他们利用中国这些优良的种质资源，开发出很多优良的新品种，反过来占领中国市场，这就是种质资源的重要性。现在许多优良农作物品种，包括大豆种子，几乎都是从国外进口的，但大豆的野生资源，起源于中国，基本分布在中国，早期被外国人拿走了，后来他们培养出新品种，又来占领中国市场。

十八、十九世纪时，西方一些植物猎人，到我国盗取了很多植物种质资源，如中国的茶资源、猕猴桃、月季等等。但玉米、小麦等农作物资源，原产地在南美，是后来引进到中国的。大豆的野生资源在中国，但现在的优良品种几乎被国外控制着。他们通过各式各样的育种技术，培育出各类优良的种子。在我国，大豆经过长期大规模栽培以后，品种单一，如果出现一种病虫害，就可能会使该品种全部灭绝。所以，必须不停地培育、改良新品种，而培育新品种时，往往需要靠野生资源来改良。如杂交是早期常用的一种育种技术，曾培育出许多重要的农作物优良品种。水稻矮秆基因的利用，为水稻矮化育种做出了重大贡献，因为生物整个生长过程的总能量是一定的，这也是生物体的能量平衡，如果在生长上消耗的能量过多，那么用在繁殖上的能量就会减少。水稻矮秆品种，表现出抗倒伏、叶挺穗多、产量高等特性，它的培育成功，引发了世界水稻生产的第一次绿色革命；而"雄性不育"株野生稻的发现，并利用它培养出杂交水稻，又带来了第二次革命。利用这些野生的基因资源，可以改变整个世界的粮食格局和经济作物格局。

2005年钟扬带领学生们进藏的时候，遍地都是西藏雪莲，只要到达一定海拔，4000米到4500米，基本上都能找到雪莲。但没过多久就没有了，基本上都被采完了，因为人们都知道，雪莲是藏药的一种，所以他们纷纷采摘。

而鼠麴雪兔子，一般生长在海拔3200米至5700米的冰碛石缝和高山流石滩中。高1～6厘米，根状，茎细长，通常有多个莲座状叶丛。由于鼠麴雪兔子叶子上有绒状物，因而又被人们亲切地称为"雪兔子"。

为了寻找这种文献记载的生长海拔最高的种子植物，2011年8月，钟扬和他的团队徒步到珠峰脚下的海拔6000多米的地方。20世纪30年代有一个登山的外国年轻人，在喜马拉雅山南坡发现了高山雪莲。高山雪莲由此作为一个新物种，被人类第一次记录。钟扬团队是在北坡发现高山雪莲（雪兔子）的。这又创造了一个新的纪录。

2012年，钟扬与兰州大学刘建全教授等人一起合作完成了《牦牛基因组及对高海拔的生命适应》研究。同时，在这一年，钟扬与王宇翔开始对青藏高原斑头雁和安第斯山脉鸟类心肺呼吸循环系统应对低氧环境进行比较研究。2017年9月，在英国

《实验生物学报》发表了论文《斑头雁（青藏旧大陆）和安第斯山鸟类（美洲新大陆）心肺呼吸循环系统对于低氧环境应对能力的进化多样性》。

2013年，钟扬和他的团队首次发现了高海拔拟南芥群体（海拔4000米以上），并在全基因组序列（序列号SRP052218）基础上检测了功能基因的适应性进化，结果表明西藏拟南芥为目前世界上所发现野生拟南芥的基部（原始）群体。

拟南芥相当于植物界里的小白鼠，一种模式生物，大家会把它作为研究参照物，与其他植物作对比，相当于一个比较标准。在世界各地，拟南芥并不罕见。但发现拟南芥的地点都属于低海拔地区，高海拔地区从未发现过，在此之前，只有西班牙在海拔2000米的地区发现了拟南芥。这引起了钟扬的兴趣。因为至今为止，还没有人在西藏发现过拟南芥。钟扬两三年前就判断西藏肯定有，但是没找着。钟扬并没有就此止步，带着他的团队一直在西藏找。钟扬认为西藏有拟南芥，是根据西藏一个拟南芥的近缘判断的。

1917年，约瑟夫·格里内尔提出每个物种都有其独特的生态位。而钟扬和团队在采集种子时，发现这个地方有拟南芥的近缘，拟南芥和这个近缘的生长条件差不多。因此钟扬断定拟南芥一定在西藏。

钟扬和学生找了将近3年的时间。同去找拟南芥的学生，后来都要放弃了，因为如果找不到，就意味着做这个课题都没法毕业了。但钟扬一直鼓励学生们不要放弃，拟南芥肯定可以找到。功夫不负有心人，2011年7月，钟扬团队终于在西藏寻找到模式生物——拟南芥。2013年，在堆龙德庆达乡海拔4150米的山上，钟扬团队首次发现高海拔拟南芥群体，并在全基因组测序（序列号SRP052218）基础上检测了功能基因的适应性进化，结果表明西藏的拟南芥为目前世界上所发现野生拟南芥的基部（原始）群落。同时，在钟扬的指导下，许敏和赵宁两位学生利用每个周末到海拔4000多米的雅鲁藏布江流域探寻，终于找到分布在西藏的一种全新的拟南芥生态型。钟扬将其命名为"XZ生态型拟南芥"，这既是两位年轻人姓氏拼音的缩写，更是"西藏"二字汉语拼音字母的组合："这是西藏的馈赠，更是大自然的回报。"

与此相关，2017年3月，钟扬指导上海市实验学校"学与做科学社"社长朱薪宇撰写的论文《西藏拟南芥适应能力分析》获得了第32届上海市青少年科技创新大赛二等奖。同时，钟扬将拟南芥的种子提供给中国科学院、武汉植物研究所、北京大学、中山大学等科研基地，来自西藏高海拔的拟南芥被培植成功。

钟扬收集种质资源后，下一步就是希望能从这些资源中，筛查一些重要的基因资源。钟扬认为，在青藏高原上生存的生物，一定存在抗旱抗寒基因，如果能寻找到，可以为农业品种的改良提供重要的基因资源。因此，他在西藏坚持了17年，从生物资源收集的最基础工作做起。

不仅如此，钟扬还收集了很多青藏高原的酸奶菌种。在西藏，很多牧民都用牦牛奶制作成酸奶，而这种纯度的酸奶，只有西藏的空气才适宜进行发酵。但不同的牧民，发酵成的酸奶味道却各不相同。钟扬发现，这些味道各不相同的酸奶，是由于菌种不同造成的。而在中国市场上，很多不同口味的酸奶都是从国外进口的。钟扬说："我国目前的酸奶发酵菌株，基本上是从国外购买的，西藏地区的人民长期以来，一直有自己的发酵和食用酸奶的历史；也许这里头会有好的酸奶菌种，将来能培育出中国自己的酸奶菌种。"实际上，中国人自己对中国生物种质资源的家底不是非常清楚，有很多种质资源，都已被国外控制着，中国老百姓并不清楚这一点。钟扬带学生做的是基础工作，而这些工作将来还可以延伸很远。

钟扬为了培育中国自己的酸奶发酵菌株，经常带着学生向牧民取一些酸奶作为样本。经过不断交流，牧民们也纷纷理解了钟扬的这一做法，很乐意提供酸奶。2017年8月，钟扬和他的团队已经采集了5000份酸奶标本。钟扬原本计划在9月至10月，再接着采集了5000份酸奶标本，详细路线以及未来的打算都拟定好了，但终未能如愿。

钟扬曾思考过这样一个问题："那个发现高山雪莲的英国科学家辛普顿，他多少岁时取得了那样的成功？我现在已经四十一岁了，应该怎么做？对方是怎么成功的？"或许，在钟扬内心深处，也是有一些焦虑感的。但他的好友黄梵认为："他追求人类整体成功的意识，常常压倒了个人成功的意识，导致他更愿意为人类整体的研究做采集种子的基础工作。他可能觉得自己还有时间，他现在做的这些事，是保证他未来成功的关键，不仅是保证他未来成功，也能保证中国和人类在这些研究领域成功。西藏地区气候正在变暖，他觉得再不采集就来不及了。"

钟扬找这些植物的种子，是为一些真正的科学发现打基础，根据这些找到的植物，可以做出很多科研成果。很多人都认为科学研究就是一层窗户纸，只要捅破了或者想到了，谁都会做。但钟扬从来不在乎分享这件事，找到了拟南芥以后，他就分享给大家。他不像很多人会自己拿着独享，慢慢出成果，这样所有的成果都属于自己。他是希望大家能快点出成果，如果光靠他一个人，他觉得速度太慢。钟扬是从人类整体发展的这个角度来考虑问题的，从未计较过个人的得失。

带着探索的兴趣冒险采集种子

钟扬和他的团队一般每年在西藏工作三个月左右，一共来来回回五六次。除了外出采样，其他时间就是在拉萨的学校里，用他们的实验材料做一点小实验。采样对常人来说，可能会很艰苦，但植物学专业的人就会带着探索的兴趣去采集种子。

钟扬和他的团队八九点钟从拉萨出发，十点左右来到山脚下，然后就往山上走，边走边看会有一些什么植物。如果遇到一些学生之前没见过的植物，钟扬就会给他们讲一讲，然后继续往山上走。有时，他们也会在某些地方休息一下，再仔细观察，采些标本之后做一个记录，看看这个地方生长着一些什么种类。每天采样的过程中，海拔的变化一般最少在 500 米，钟扬他们一般从海拔 3600 多米走到 4400 多米。钟扬和团队一天走过的最长路程，大约有 10 公里。

由于坡度陡，高原反应有时候会来得非常突然。如果不注意的话，运动量太大，就会发生危险。所以，钟扬和同伴们平时会尽量控制他们的运动量。一开始他们是带氧气瓶的。钟扬基本上一直插着输氧管，说明他全程都有反应，而且他会一直腹泻。通常一个行程，一般是一周或 10 天，但钟扬每天都是这种情况。他就只能喝点稀的，其实全程，钟扬的身体状态都很差。这对他来说是一个很大的折磨。

到海拔 5000 多米高度的时候，学生也开始感到不舒服，钟扬就更受不了。当时钟扬喘不上气，觉得是因为窗户没开，就叫一个学生去开窗，结果一打开窗户，直接把玻璃推下去了。钟扬和学生们住的地方太简陋了，北风穿进屋内，整个晚上十分寒冷，如果吃饱了还暖和一点。钟扬在全程高原反应的情况下，还在坚持工作和讲话，讲话喘得上气不接下气，整个嘴唇都是乌黑乌黑的。这对他来说，当真是巨大的折磨。钟扬炫耀自己出现过17种高原反应，他最大的反应就是腹泻，身体一旦不舒服就腹泻。他经常要求停车，同伴们就知道他要去干吗。钟扬也会头痛，但他从来不跟大家说。

钟扬到西藏的17年间，高原反应一直是他身体状况的主要问题。到最后，钟扬可能感觉不出来了，因为他心脏肥大了，相当于为了适应高原，他的器官已经受损了。其实这样对他的伤害更大。学生和同事们都觉得，钟扬有时很傻，他看上去很聪明，对所有人都能给予很正确、很明智的建议，但他对自己很糊涂，对自己高血压该吃多少定量的药，完全没什么概念，都是学生给他一份份地分好，装在分隔的盒子里。刚开始的时候去西藏的人也没那么多，他一般全程陪着。后来人也多了，有时候可能同时有两三批人，他就来回看望。好几拨人，他顾不过来，但他每一拨都要照顾一下。

钟扬他们进行野外采样会先查资料，判断植物大概分布的区域和海拔，主要是海拔。他们只要感觉差不多了，就会下车，沿途或钻进林子里，查看大概是什么样子。因为植物或种子，没有固定的地方，有时他们只能漫山遍野地找。

他们也会去比较偏的地方，有些采样地点就在珠峰大本营下面。他们去爬卡若拉雪山的时候，爬到海拔5300米，到了半山腰去采荨麻和绿绒蒿。那时候大风一吹，刚好把雪山上融下来的石屑吹飞过来了，飞过来的石屑，差点刮了学生们的脸。此外，他们还到尼泊尔边境地区，到中印边境，去采像沙棘一类的植物。每次采样回来，晚上还要把它们处理一下，压压标本，做记录。

刚开始的时候，他们是去东南林芝一带，虽然相对安全一些，但是也有风险。沿途一边是雅鲁藏布江，一边是山脉，随时可能有塌方。一旦觉察到有塌方的可能，车子也进不去，就得往回走。那条路非常危险，稍不留意，就可能掉到江里去。钟扬他们就亲眼见过两次。因为路边没有什么栏杆，要是碰到错车的情况，基本上就是死路一条。有时候对采样时间常常估计不准，所以，外出采样，他们一般都是很晚才能赶回来。因为那条路很危险，钟扬就坐在副驾驶座上，他生怕司机会打瞌睡，就一直跟司机聊天。学生们都在后面睡着了。

后来钟扬跟学生说，那个司机一直跟他聊天，最后钟扬和司机没有话聊了，就开始聊司机家里的事，问司机为什么来这里开车。大概家里发生了一些变故吧，司机一听这问题就伤心了，开始哭起来了。钟扬特别紧张，那个时候怕他失控，弄不好车子就掉下去了。钟扬一行人在路上见过四个藏族人，他们就蹲在路边发呆，一问，他们说刚才一辆客车——大概有几十座的，掉下去了，他们是从窗户里跳出来逃生的，然后整个车子就摔下去了，其他人基本上没有生还的可能。河水很急，里面有漩涡。雅鲁藏布江是直升机都不能进去的，进去以后会遭遇强旋风。那几个人就在那里发呆，钟扬就下车给他们一些吃的食物和水，表示安慰。

从林芝进去，再从山南这边回来，后来就因为塌方，没办法继续走。西藏地区经常会有塌方，整个路被埋掉，他们只好又沿原路返回来。当时钟扬一行人第一次去鲁朗，他们就找了一个有大通铺的地方住下，结果全镇停水。

从那之后，钟扬和他的团队慢慢地就去了藏北。第一次去时，藏北给他们留下了深刻的印象。当时他们走了一整天，周围的景色都一模一样。两辆车走着走着，就迷路了，连当地司机都找不到路了，因为都是土路。但司机没敢跟他们说，他们事后才知道。原定计划中午在什么地方吃饭，结果找不着了，那一整天钟扬和同伴们都没吃饭，饿了一整天。没有导航，越往前走，景色也越来越相似，完全是一样的荒漠。但是钟扬却很开心，他觉得迷路时所走的路途相当于他去了很多意想不到的地方，这种意想不到也会发现很多植物。但学生们都受不了了，饥饿加上疲惫，都出现了高原反应。

随后钟扬一行人在那曲安顿下来，就是阿里的县城。学生半夜就开始头痛，王莉回忆道：

"最严重的是，只有脑子有知觉，全身都不能动弹。我很想动四肢，但动不了，脑子很清楚，就一直问同室的人，问她几点，因为我不好去吵醒别人，大家都很累，想能不能熬到早上再处理。一开始，手还能动，后来手就不能动了。同屋的说五点多，大家可能还没醒，她就拿宾馆里那种按压式的氧瓶，给我按，都没什么用。终于熬到天亮了，她就去叫了其他人，然后扎西老师把我背着往医院送。大概输了半个多小时的氧，手才能动。当地正好是县城，有医院，不然就很危险。要是再等长一点时间，可能脑袋都失去知觉了。我那时候还比较清醒，想的是大家睡得太晚，不能去打搅别人，能撑就撑了。后来发现是很危险的，因为手没有知觉，等于供氧断了，只剩下你的脑袋还有一点点氧。当时就数着时间，五点半，六点，就这样数。那次蛮危险的。钟老师就守着我们，坐在旁边。后来他说因为旁边有另外一个病人，全身都是血，他怕我看到会昏厥过去，就坐在我眼前

147

挡着。"

在藏东南采种子的时候，很容易让钟扬一行人忘记距离和时间，越往山里走，越会发现里面可能还有，就会一直往里走，结果就会走进深山，离车子也就越来越远。等他们往回走的时候，天已经黑了。据说藏东南天黑后是有狼出没的，钟扬他们也是提心吊胆的。王莉说：

"一次，扎西老师就在那里突然大叫起来。那一次，组里有个叫朱彬的，他老往里面采，采什么我都忘了。扎西抓着一个帽子，就跑过来，说不好了，朱彬被狼吃掉了，把我们都吓坏了。他说找不到了，只看见一个帽子。可能朱彬的身子勾到了一个什么东西，把帽子衣服拖下来了。扎西老师就想衣服帽子还在，人不在了，就跑过来跟我们大喊，把我们吓得够呛。"

钟扬大部分的时候也会往里采。他们一般是分头找，一次肯定是至少一辆车，大概有三四个人。他会先下车看看，判断一下地形分布，然后跟学生们说让他们往这边走，这边应该有，那边没有，那边先不走。他让学生走的是他觉得有植物种子的一边，而他选择往另外一个方向走，去探测一下。

2013年拍摄《播种未来》时，德吉跟钟扬一起去珠峰，当时在珠峰大本营前面，有很多麻黄。钟扬就告诉德吉说那是麻黄，但珠峰的麻黄不同于其他地方的麻黄，珠峰的麻黄叫山岭麻黄，而且是海拔最高的裸子植物。因为德吉觉得珠峰的环境很特别，2014年的时候，又自己去珠峰采样。不久，德吉在钟扬的帮助下从麻黄中提取出抗癌物质，在国际上引起了关注。

钟扬去西藏采样的时间一般都是在夏天，而夏天也刚好是雨季，山上容易往下掉石头，人走在路上就比较危险。在去珠峰的路上，钟扬他们要经过岗巴拉山，海拔有5030米。从羊湖经过江孜的时候，路比较窄，开车时就看不到前面的路况。钟扬在拍摄《播种未来》从珠峰回来的时候，就看到前面因为山石造成的车祸。而这种危险是随时都会发生的。

德吉回忆道：

"我记得是8月份的时候，我凌晨三点从日喀则出发，必须要在早晨七点之前赶到珠峰，因为我在要采样的那个点，设置了采样的不同时间段。那天，我们六点半就赶到了，到了以后我还不能休息，就要直接去采样。采了以后就去大棚，因为大棚里有我们带来的一些处理设备，我就在里面处理样品。到了中午还要继续采。晚上九点多，天黑了看不见，我就拿着手电筒去找植被，因为中午的时候，我们先在那些要采样的地方，做好了标记。采样中，还有一种危险，那就是我们去更高海拔地区时，会有高原反应。我虽然是西藏本地人，但还是会有高原反应。我记得在珠峰大本营的时候，看到钟老师有很明显的高原反应，他的嘴唇发紫了，喘气喘得特别厉害。我一直记得他那天晚上的高原反应的经历。那天晚上在珠峰大本营，我们分别睡在两个帐篷里，半夜能听见钟老师一直没有睡着。因为缺氧，很多老师可能也没有睡着。但我一直能听得到钟老师的喘气声。后来，他去上厕所，原来一直有的喘气和咳嗽声突然就没有了。我当时很着急，就让管理帐篷的那个人，他是藏族人，是个小伙子，去看下老师到底怎么啦？怎么突然没有声音了？他看了回来说，没事没事，老师已经回帐篷了。第二天，我就跟钟老师说了这事，老师就开玩笑地说，'你以为今天见不到我了？'他虽然很淡定地开玩笑，但他确实喘气喘得非常厉害。"

除了高原反应、路途艰险外，还有一些别的危险因素。德吉说："我自己也有不少危险的经历。我比较怕狗，有一次我们去错那的时候,在路上采样,需要爬到山上,因为有些植被——我们想要的植被,是在山上很高的地方。我就爬上去,因为都是陡坡,有很多石头,路也不平,等我刚爬上去,就看见有野狗追过来了。我就跑啊跑啊,一直朝山下冲下去,我也不知道我是怎么跑下去的,到处都是石头、树木、还有一些小灌木,路坑洼不平,根本也看不清前面,但因为很着急,最终硬是这么跑下来了。"

钟扬他们在采样的过程中有时还会遇到狼。钟扬一次去亚东的时候,就遇到了一些小狼,幸好他们有车子,同时也有三个人。那次遇到的狼,刚好不是群体性的狼,只有几只,所以狼也害怕人,就走了。遇到野兽,是钟扬在野外会经常碰到的危险情况。

德吉有一次接到钟扬给她安排的任务,让她往亚东赶,路上需要十多个小时,途中要经过日喀则地区的江孜、康马县等地。到了江孜以后,天已经黑了,再等赶到康马、亚东的时候,天已经漆黑一片。车子开着开着,司机发现前面在修路,就绕路赶过去了。那时天上下着雨夹雪,只好走土路,走着走着,车轮突然就陷进了泥潭。德吉和司机两人一时毫无办法,车子根本就没法开动。司机很着急,就一个劲地踩油门。德吉突然想到,如果这时钟扬在,他肯定很淡定。德吉说:"于是我就对司机说,'别再踩油门了。'司机不停地向我道歉,而且自责不该走这条路。我反而觉得这些都很正常,还安慰司机,就说:'没事,没事,我们会有办法。'"

他们就把车子停下来,下车到路边捡石头,放在轮胎下面。因为天黑,也看不到哪里有石头,就用手机照着,路边也没有大石头,只有像沙子一样的碎石,他们就把衣服脱下来,把碎石装进去，就这样一直搬运碎石，把它们都倒在车轮下。司机又启动车子，车子还是没走出泥潭。半夜车就这样卡在路上，他们越发着急。就在他们非常绝望的时候，突然有一辆车子从那里路过，车子停下来后，车上下来了8个人，全是男的。那时德吉他们非常激动，那些人帮忙把车子推了出来，一直推到路中央。而这种事在钟扬采样的过程中是经常发生的，可以说基本就是常态。

不仅如此，钟扬一直想让妻子张晓艳也去西藏感受一下。张晓艳没有去过西藏，更多的原因是在家里面既要照顾老人，又要带孩子，所以她根本走不开。张晓艳知道西藏那种环境对身体很不好，但是钟扬每次都用特别调侃的口气谈论这些不好，包括钟扬自己经历的一些高原反应。张晓艳回忆道：

"我要去的话，感觉肯定跟别人不一样。人家可能觉得是去西藏玩一下，我想的就特别多。所以我一直就不太愿意去。我宁可有一个假象，就像他说的，他跟我们讲的经历都是特别好，特别美，特别有意思的，包括他第一次去西藏回来，特别兴奋。我问他那里怎么样？他说有那么多东西都没人研究过，好多东西都叫不上名，都不知道怎么有个不好。他甚至把高原反应也作为一种资本，回来说给我们听，意思是说，'你看你们连一种高原反应都没经历过，我经历过17种了。'对，他老是这种口气，其实我们心里很清楚，每一种高原反应都很艰难，而且都是要命的，包括路上可能会发生一些车祸什么的。我跟他说，'老天爷已经够照顾你了。'包括出去采标本，其实我也特别担心，因为他每次都带着学生去，我说，'你千万不要出事，要是带出去的学生出了危险，就太糟糕了。'所以，他每次干什么都身先士卒，先去探路，觉得安全了才带学生去。反过来说，他的体质也是很强。我跟他说，我去西藏会受不了，因为我去青海大概经历了两次高原反应，后来我对西藏就有恐惧。所以，他劝了我好几次，我都没去，去年他出事前那一次，我被他说服，准备要去的。他劝别人的时候，会说怎么去都没事，还会说，'军区的最好医院的医生我都认识，你们真有什么事情，我肯定能给你搞定。'"

第十章 苍天不负有心人

一个在生活中冒着"傻气"的人

钟扬平时的生活可以说是极其朴素，穿衣服只盯着一件穿。在外人看来，或许会觉得，一个大学教授，怎么会不注意自己的衣着打扮？但钟扬已经习惯了，他不在乎这些。除非是要去进行演讲，才临时换上正装。钟扬参加会议时穿的西装，是很久之前买的，他一直穿着。他也不会想着去换一套，认为能穿就行。

钟扬不愿意受约束，穿得很正规。相反，他是比较随性的，不会去注意着装这些细节问题。这也跟钟扬从小家里条件比较差，没有特别多的衣服可穿有关，所以他也养成了节俭的习惯。对此，张晓艳说道：

"原来年轻的时候，我和钟扬见面，他也没有刻意打扮。有时接受电视台的采访，他都没有刻意着装。记得我那个时候还在国外，他在国内，但已经开始有 E-mail，他会跟我谈论一些事情——单位的一些事情，我说这个事情你知道就行了，别在领导面前说，大家肯定是不同意见，至少跟单位的领导别说。结果他下一次告诉我：'我还是要说，我憋不住。'他也不是对领导有什么意见，而是对某件事情，可能领导说应该是这样，他觉得有不同意见。他经常会这样。从长远来说，人家肯定不高兴，哪个领导希望下面的人比自己还高明？后来我也跟他达成一致，我说行，你既然非要这么做，我觉得倒不是对和错的问题，但你要承担它的后果。"

钟扬的这一品质，跟黄冈中学的老师也有一定关系。黄冈中学，在所有人眼里，都是一个生产学霸的学校，但大家并不知道当时的师资环境。学校内的不少老师是从大学下放的，这些老师都很有学识、眼界很高，他们上课会讲很多题外话，这些就成了学生的启蒙点拨。比如数学老师会讲数学思想，历史老师会引领学生思考人类这个话题。张晓艳说：

"钟扬不太像现在很多中学老师，只引领学生去思考如何把考试考好这类问题。所以他做任何事基本上都是放眼未来。比如无线电，为什么他最后不去做无线电专业？相对来讲它更实用。但他想得更深更远，不安于现状。在文学行当里还有个说法，说所有作家写的作品，其实写的都是二十岁之前的经历，因为那时候的思想天马行空。我觉得大毛小毛现在就正处于他父亲当时这个阶段，所以最近他们的情绪特别不稳定。"

钟扬每次去西藏，他的那些衣服都很破旧。钟扬的学生们就会给他买衣服，去让他换下来。学生们就会跟钟扬说："你舍不得丢，我们拿一件新的给你换。"但是，钟扬每次都说："这些旧衣服可以拿到西藏去穿，在野外穿了就不用洗了。"所以钟扬外穿的衣服，都是补的补丁；如果衣服破了，他就再补一下。大补丁上还打了小补丁。钟扬出席活动穿的衣服，永远是办公室的那套西服，看上去很正式，其实就是院里的工作服。钟扬平时很不讲究，觉得野外工作很容易磨破衣服，没必要换新的。

钟扬的朴素，也承自他母亲。钟扬父母家卫生间的抹布，是一条旧毛巾，上面竟打了补丁，毛巾是黄的，补丁是红的。洗发水，也不是知名的牌子，可能是湖南或湖北本地的小牌子。

2013年，拍摄《播种未来》时，有导演去西藏，拍摄那些衣服、用具，而那些衣服都是钟扬平时在穿的。钟扬2017年的照片，都穿着那件短袖的格子衬衣，据钟扬的学生透露，那件衬衣才49块钱。钟扬非常喜欢穿那一件，其他人都很不理解，而钟扬说那件衣服很容易干，出差往包里一塞，到了宾馆随便揉一揉，第二天就干了，因为它不是棉的。钟扬生命的最后几天，在鄂尔多斯的那场报告上，穿的也是那件。

复旦大学曾有人说钟扬那一身装束，让人感觉还是一个年轻人。他穿的那种牛仔裤有点像青年人穿的，显得人很精神。随时背着包就走了，但这并不让人觉得寒酸。"他的装扮，其实代表了1980年代的一种风格，那时的年轻人，觉得这样的装束是很时髦的。1980年代穿格子衬衣，是很时髦的。他的外貌也是的，以前有段时间他很瘦。他最帅的时候，可能是2003年到2004年那段时间，当时不算太胖，也不算太瘦。"

钟扬在穿衣打扮上有这种"傻气"，在与人相处方面也有这种"傻气"。据南蓬回忆：

"我记得有一次，他那天是下午坐飞机去青海，我问他：'你去青海干吗？'他说：'我第二天早上有事，第三天早上赶回来。'我问：'为什么？'他说：'我跟林老师（林鹏程）说好了，要跟他和他的朋友见面吃个饭。'我说：'你至于吗？为吃个饭要跑到青海？'他太重视友情，当然也可能是再谈一点什么科学问题，但我觉得，为吃个饭谈点科学问题，飞到青海去，然后第二天早上再飞回来，他是太浪漫了。我们一般人没有这种浪漫，也没有这种性情。上次是谁用了一个标题，说他有点傻气。从这个角度来看，他真的很傻。有时候，我们觉得根本不是什么大事，根本没有必要花这么大的精力去做，他也会去做。他说：'不行，我一定要兑现诺言，我一定要去。'兑现承诺对他来说是件大事。还有一次他去香港参加一个交流会，刚刚到香港，结果学校有事，他又赶回来。上午回来，下午又过去了。因为他答应了人家，他觉得必须过去。我们比方说承诺了什么，一旦有什么事，我们可能会让对方改时间，改计划。但他觉得改计划本身是一件很难决定的事，哪怕自己吃很多苦，自己去面临很多不便也不劳烦对方。包括他这次赶到银川机场，是因为想提前赶到西藏，他需要赶时间。"

钟扬经常没有时间吃饭，就把飞机上或别处发的小点心、小饼干，放在包里，当他的餐食。有时候钟扬去野外，七天七夜都没有正常的饭菜，就靠吃干的面饼、吃牦牛肉干充饥，这导致他的饭量特别大。黄梵说：

"我曾在复旦和他共进过一次早餐，他那顿吃了7个包子，3碗粥，4碟小菜。他说没办法，在西藏寻找种子，一定要一顿吃很多，才能在登山中保存体力。时间一长，胃都撑大了。他吃盒饭一般要吃2盒，他说有吃的时候，就赶快多吃点，可能下一顿就只有方便面或饼干了。他就像骆驼，吃饱了下周就可以不吃。他常在办公室摆着方便面，一买就买一箱。"

钟扬自己的生活十分朴素，但是对待别人，不管是谁，钟扬都十分尊重，从不随意。黄梵说："他对人很用心，这很浪费他的时间。就吃饭这件事而言，哪怕是一个记者来，他都要带人家去吃饭，一吃饭就要用去他不少时间。他在别人身上花了太多时间。我有一次去复旦，在他办公室里待得比较晚。楼里其他人都走了，有个师傅在一天活动结束后，正在打扫卫生。钟扬就自己掏出100元钱，塞进信封，递给那个师傅。师傅不肯要，又跑到钟扬办公室，想退给他，但钟扬坚持要对方拿着。这种钱其实是报销不了的，都是他自己掏腰包。有年长的老师在退休的时候，来找他签字，钟扬就跟他说，'你还这么年轻，再干几年没问题。'人家一听，心里就很舒服，因为要返聘他嘛。钟扬对他人的尊重，还体现在不管看见谁，都会主动打招呼，哪怕看见研究生院的工人师傅，他也会说，'你辛苦了！'但别人对他的评价，他就不太在意。"

他生前得过很多次奖，但没有一个奖是他自己去争取来的。有一次，宣传部评好人奖，告诉他的朋友可以在微信朋友圈拉票，当有朋友告诉钟扬时，他一笑了之，置之不理。他的干净，还体现在招生这件事上。他会把研究生的招生名额，全分下去，自己一个也不留。然后，他很得意地告诉朋友们，招生这件事也不难嘛。再比如，他规定干部不参加年终评奖，因为他要把年终优秀奖的名额，留给普通员工。

"傻气"和智慧成就人生

钟扬的英语表达，也很有幽默感，他有时会加上自己的一些创造。比如，别人问他"How are you？"他会这样回答："Better than ok，比 ok 好一点。"他的思维很怪，但很有创意。有的时候，学生找不到想找的种子，想要放弃。他就会堵在那里说，"研究嘛，不是 research 吗？试试把 re 字去掉，search，不停地 search 去找，找。"他经常会冒出这些。他用英文跟学生说什么叫研究，就是不停地去找。

钟扬经常会有一些很奇特的思维。比如，熊猫为什么爱吃竹子？他就说是因为熊猫有抑郁症，竹节之间有一种元素可以抗抑郁，因为熊猫以前是吃肉的。钟扬这种直觉其实是很多科学发现的基础，也是教育原本该有的给人的一个思维发散的通道。

有一次钟扬讲"专业"，他的意思是专业不要分得太细。他说："清朝灭亡的时候，宫里流出来很多厨子，有个有钱人觉得宫里的厨子手艺一定好，就把一个厨子弄到家里来。那个有钱人就问厨子，'你满汉全席会做吗？'厨子说那个东西不会做，有专人去做的。'那点心你会做吗？'厨子说点心也不会做。问了好多，厨子都不会做。有钱人就问他，'那你的特长是什么？'厨子说他的特长是切葱。"

除此以外，钟扬还说过一个关于藏语的段子，因为他的藏语水平，已经可以简单和藏族同胞交流。他说："藏语有一个最大的特点，我们汉语是主谓宾结构，藏语是主宾谓结构。比如请客吃饭，我们用汉语说，'我请你吃饭，'他们藏语说，'我你吃饭。'这到底是你请我，还是我请你呢？很有趣。"

钟扬后来在西藏的经历，让他对人生的理解大不相同。钟扬经历的那些危险，让他获得了一些大智慧。黄梵说："比如，普通人一般只做对自己有利的事，他认为每个人该做一点利他的事。利他的事在普通人看来，是很傻的事，看到有人做利他的事，也会觉得这人有点傻气，这人吃亏了，所以，人人争先恐后地只做利己的事。这样整个社会运行的成本就非常高，最后反而对自己很不利。其实人的自私，来自对生存的恐惧，总觉得未来是不安全的，要通过积攒财富和利益，来应对未来。如果每个人，都能拿出一点克服生存恐惧的勇气，就能做到像钟扬那样，像钟扬那样做其实并不难，媒体总把钟扬宣传成一个英雄，一个大家不可企及的圣人，使大家只能仰望他，不像他那样去做了。每个人只要克服一点心理深处的生存恐惧，就能做一点利他的事。每个人贡献一点利他的行为，整个社会运行成本就会大大降低，反而能真正利己。我觉得这个智慧，是很多人没有看到的。"

钟扬正是凭借这种"傻气"和智慧成就了他自己的人生。

2015年4月28日，庆祝"五一"国际劳动节暨表彰全国劳动模范和先进工作者大会在北京人民大会堂举行，钟扬荣获2015年全国先进工作者称号。钟扬参加了大会，并受到习近平总书记的亲切接见。随后，5月7日，《劳动报》刊登张欣驰撰写的文章《收集的是种子，播撒的是未来》。5月25日，上海教育新闻网刊发记者刘时玉、通讯员焦苇的文章《上海"校园劳模"不断涌现，师德建设显成效》。5月26日，上海教育系统全国及上海市劳动模范先进事迹宣传表彰活动在上海戏剧学院举行，钟扬获评"师·范——社会主义核心价值观的践行楷模"和"2010—2014年度上海市劳动模范"称号。11月14日，《解放日报》刊发彭德倩的文章《为劳模点赞/钟扬·追寻雪莲的生命高度》。钟扬是一个时代劳模。

付出总有回报，要做就做最好

2009年至2015年，钟扬撰写了很多文章，其中包括《美丽实用的分子进化》《学会"与流感共舞"》《人类与病毒共舞》《西藏，已不再遥远》《进化论与进化生物学的发展》《达尔文进化论的科学本质与贡献》《世界之巅上的断思》《生命之树常青》《"影响因子"与科研创新无关》《证据的力量》《研究生培养质量提升的解决之道》等。

钟扬非常重视研究生培养的质量。他在《研究生培养质量提升的解决之道》中有一句话："随便准许学生抄论文，很多人都抄不对。"针对这个问题，2015年1月26日，复旦大学研究生服务中心——论文写作服务中心成立，旨在采取多种形式更好地为全校研究生提供论文写作方面的指导和服务。钟扬还全力推动了首期"*Nature Master Class*"高阶论文写作培训班在复旦大学举行，22名高年级博士生和中青年教师参加了培训班。2015年8月，《上海研究生教育》刊登了对钟扬的访谈《怎样真正提升研究生的能力》。钟扬还到南京师范大学为研究生作《研究生应该具有的能力和素质》的报告，就研究生该有的素质提出要求。

学术研究和学术交流依然是钟扬的主要兴趣所在。这一时期，他发表了大量的与别人合撰的文章，包括《从战争中学习战争》《生物信息学专业规划的理念与实践》《获得，还是失去，这是个进化问题》等。

钟扬作为通讯作者，在《美国科学院院报》（PANS）2009年第3期第106卷发表了论文"*Photosynthetic metabolism of C3 plants shows highly cooperative regulation under changing environments: a systems biological analysis*"。该文建立C3植物光合作用代谢的系统生物学分析模型，并进行计算机模拟，发现了环境扰动下代谢通路间协调性增强的规律，在植物系统生物学研究中属开创性工作。他还在期刊 Genetica 第135卷3期发表了论文"*Fine-and landscapescale spatial genetic structure of cushion rockjasmine, Androsace tapete (Primulaceae), across southern Qinghai-Tibetan Plateau*"。钟扬作为PI，在《自然》2009年第460期，发表了论文"*The Schistosoma japonicum genome reveals features of host-parasite interplay*"，署名"The Schistosoma japonicum Genome Sequencing and Functional Analysis Consortium"。

钟扬还在日本血吸虫全基因组分析国际合作研究中负责构建动物进化树，并检测适应性变化。2011年，"日本血吸虫基因组注释与寄生性适应研究的数据挖掘"项目获教育部自然科学一等奖，钟扬是获奖人之一。钟扬在血吸虫基因组分析工作中，负责进化分析部分，建立了东五分子进化树。

这一时期，钟扬还为各地师生做了多场科普讲座。

在主题为"进化论的昨天和今天"的"上海科普大讲坛"上，钟扬和汪品先院士、戎嘉余院士三人应邀作报告，他作了题目为"构建'分子进化书'"的报告。报告发言摘要刊登于《文汇报》。在"科普大讲坛"第1讲活动时所作的报告文稿《分子进化》收入《科普大讲坛——从进化论到能源未来》第1章第2节，该书由上海科技馆编，上海科学技术出版社2013年7月出版。钟扬还做过"科普大讲坛"活动主持人，演讲嘉宾为陈晓亚院士和卢宝荣教授。他参加"科普大讲坛"活动所作报告文稿《番木瓜的故事》收入《科普大讲坛——从进化论到能源未来》第5章第1节。

这期间，钟扬作了很多报告，包括：

2009年4月18日，钟扬受聘担任南昌市铁路第一中学顾问，并为学生做了一场题为"生物学的进化和进化生物学"的精彩报告；

2009年10月31日下午，钟扬在北京航空航天大学学术交流厅参加科技讲座，以"达尔文进化论的科学性"为题作报告，主持人为央视著名记者柴静；

2009年11月24日上午，"达尔文与进化论"科学论坛在南京古生物博物馆举办，钟扬作"分子进化理论的建立与发展"专题报告，在报告中，钟扬表示，随着现代分子生物学研究的深入，科学家发现，许多病毒等微生物具有高超的进化本领，"正因如此，人类应该有与病毒共舞的心理准备"；

2011年12月18日，钟扬为大连民族学院生命科学学院师生作"人类基因组计划与生物信息学"报告，介绍人类基因组计划的开启以及合成生物学、生物信息学知识；

2012年6月下旬，国家民委第二期高级专家创新能力与团队建设研修班在上海举办，钟扬作"基因组时代面临的机遇与挑战"专题报告，指出科研事业必须开放与合作、引进领军人才和创新思想；

2012年11月29日，"中国道路"系列讲座在复旦大学光华楼13楼中庭报告厅举行，钟扬作"适应性生存与可持续发展——一个进化生物学家的思考与感悟"报告，文稿《中国适应性生存与可持续发展》收入高天、滕育栋主编《中国道路大家谈》一书，2013年4月由复旦大学出版社出版；

2012年12月28日，钟扬主持复旦大学研究生教育专题研讨会并作大会报告，会议主题是"复旦大学现阶段研究生教育的问题与对策"；

2013年1月11日，应浙江省植物学会邀请，钟扬在浙江大学紫金港校区生命科学学院245报告厅作了题为《基因水平转移的生物信息学预测与实验验证》的学术报告；

2014年1月16日，钟扬出席复旦大学研究生教育会议并作大会报告；

2014年11月5日，钟扬应邀在南京晓庄学院生物化工与环境工程学院综合楼作了题为《科学是一种什么样的游戏？》的主题报告；

2014年11月8～9日，全国系统与进化植物学研讨会暨第11届青年学术研讨会在浙江大学举行，钟扬作承办下届会议报告；

2014年12月12日，钟扬应华东师范大学生命科学学院石铁流教授邀请访问该校，为师生作"基因水平转移（HGT）：生物信息学预测与实验验证"学术报告；

2015年2月1日，钟扬在黄冈师范学院作"科学是一种什么样的游戏?"专题报告;

2015年3月23日下午，在复旦大学2015年研究生管理干部和导师培训大会上作专题报告;

2015年10月29日，在复旦大学附属中学为上海市第三期双名基地作《浅议教育接力赛与素质教育》专题报告。

此外，钟扬还参加了国际上的许多学术活动。

2009年7月下旬，钟扬赴日本参加国际学术研讨会议。2010年冬天，钟扬再次来到日本文部科学省统计数理研究所做访问教授，为期3个月。

钟扬的努力赢得了大家赞誉，他的事迹被各大报刊报道和电视台邀请访谈。2009年2月12日，新华网刊发《复旦教授钟扬：分子生物学证明进化论，也"挑战"进化论》。2010年1月，《学习博览》2010年第1期刊登李勇刚、黄渡海撰《从艰苦中提取欢乐——访植物学家钟扬教授》。2010年1月9日，科学网刊发文章《谢肉祭——吃肉吃素的沉思录》。2010年2月18日，上海电视台纪实频道"风言锋语"栏目播出《谁会变成阿凡达》，钟扬与卞毓麟为访谈嘉宾。2011年4月13日，复旦大学官网刊发顾倩怡的文章《我们身边的共产党员之一/世界屋脊的"青松"——记生命科学学院钟扬教授与西藏的不解之缘》。2011年5月6日，《新民晚报》"平凡与崇高"栏目刊登记者张炯强撰《复旦大学生命科学学院教授钟扬支援西藏大学已有十个年头——研究植物学，窝在办公室可不行》。7月15日，《中国民族报》刊发田建民的文章《巍巍雪域——钟扬》。9月7日，《文汇报》刊发姜澎的文章《钟扬：在世界屋脊盘点植物"家底"》。2014年3月30日，《解放日报》刊发彭德倩的文章《他带领我们把不可能变成可能》。4月14日，《拉萨晚报》刊发曾飞、王静雯的文章《以敬业友善之心追逐"教育行者"梦想——钟扬教授》。8月29日,新华网刊发记者张京品撰写的《为高原留下科学的种子——记上海援藏干部、西藏大学校长助理钟扬》,西藏日报9月1日第2版刊载。9月7日,《文汇报》刊登姜澎撰写的《在青藏高原上为全人类储备未来资源》,介绍钟扬采集青藏高原种子、为西藏培养人才的事迹。2015年1月23日,《科学通报》刊发安瑞的文章《原创的,就是世界的——钟扬教授专访》。5月11日,上海教育新闻网、中国科大创新校友基金会、中国科大官网刊发《钟扬:神童在西藏》。8月26日,《光明日报》第6版刊登对钟扬的访谈《怎样真正提升研究生的能力》。9月1日,《解放日报》第8版刊登彭德倩撰写的《追寻雪莲的生命高度——记复旦大学植物学教授钟扬》,介绍钟扬的事迹。9月10日晚8时,由中央电视台和光明日报社联合主办的2015"寻找最美教师"大型公益活动揭晓最美教师名单,录制视频在央视一套首播,钟扬被推选为活动"特别关注教师"。12月16日,《新民晚报》刊登记者张炯强撰写的《历8年艰辛,送未来上海一份礼物——复旦团队成功在北半球高纬度种活红树林》。同时,《科学通报》60卷第36期刊登《原创的,就是世界的——钟扬教授专访》,谈及钟扬对日本获得诺贝尔奖情况的考察,以及对中国的启发。

除了媒体报道,钟扬的努力也获得了社会的充分认可。笔者查阅了钟扬在2009年至2015年这7年的任职情况和获奖记录,具体情况如下:

2009年2月19日,2008年度上海市科学技术奖获奖名单公布,"生物信息系统与数据挖掘方法及其在生物医学领域中的应用"获得自然科学奖二等奖,第一完成单位是上海生物信息技术研究中心,第一完成人是李亦学,钟扬是第二完成人;

6月，钟扬担任中国生物物理学会生物信息学与理论生物学专业委员会的常务理事及专业委员会主任；

8月5日，国家自然科学基金委公示2009年度国家杰出青年科学基金候选人名单，钟扬入选，依托单位为复旦大学；

9月，钟扬获得2009年度上海市育才奖；

12月，钟扬受聘担任《武汉植物学研究》第六届编辑委员会编委；

同年，钟扬获得第二届复旦大学生命科学学院复星医药学奖教金，共1万元；

2010年4月，钟扬获评2007—2009年度上海市教育系统先进工作者；

2010年11月30日，钟扬参与的复旦大学"节水抗旱稻不育系、杂交组合选育和抗旱基因发掘技术"项目获上海市科学技术一等奖；

11月，钟扬获2009—2010年度复旦大学生命科学学院复星医药奖教金个人奖；

2011年1月15日，钟扬受聘担任北京师范大学、复旦大学生物多样性与生态工程教育部重点实验室第一届学术委员会委员；

同时，钟扬受聘担任上海交通大学生物信息研究所学术委员会委员，任期5年；

6月28日，钟扬获复旦大学生命科学学院2011年度优秀共产党员称号；

7月，国际分子生物学与进化学会（SMBE）年会在日本东京举行，钟扬应邀担任年会"生物多样性与进化"分会主席；

9月15日，钟扬获第八届复旦大学"校长奖"；

12月，《科学编年史》一书由上海科技教育出版社出版，钟扬列名编委，任生物卷副主编；

2012年3月19日，钟扬受聘担任国家高技术研究发展计划（863计划）生物和医药技术领域主题专家组专家，任期3年；

4月6日，钟扬受聘担任《复旦学报（自然科学版）》编委会委员；

6月19日，钟扬受聘担任上海科技馆学术委员会委员；

6月28日，复旦大学举行纪念中国共产党成立91周年暨创先争优活动表彰大会，钟扬被评为上海市教卫工作系统优秀共产党员，在大会上作典型发言，发言摘要以《生命的高度》为题刊登于7月6日《复旦人》报；

9月，钟扬受聘担任复旦大学遗传学协同创新中心理事，聘期4年；

同时，出任水利部和中科院水工程生态研究所《水生态学杂志》编辑委员会委员；

9月底，担任复旦大学研究生院院长；

12月2日，受聘担任大连民族学院特聘教授。次日，该校举行钟扬特聘教授座谈会，钟扬就有关学科建设发展、人才培养、国际项目开展与合作等同有关人员交流；

2月16日，受聘担任《中国数字医学》杂志编委会委员；

12月24日，担任中国生物化学与分子生物学会分子系统生物专业委员会第一届委员会委员、副主任委员，任期4年；

12月27日，受聘担任复旦大学第十届学位评定委员会委员；

2013年9月17日下午，复旦大学举行劳模创新工作室命名创建仪式暨30年教龄颁证仪式，"钟扬青藏高原生物学研究工作室"入选；

9月27日，钟扬当选中共复旦大学第十四届委员会委员；

10月18日,钟扬当选上海市研究生教育学会第八届理事会副秘书长、理事;同时,担任《计算生物学与化学》编委;

2014年1月1日,钟扬受聘担任上海市生物信息学会第三届理事会副理事长,聘期4年;

2月,钟扬担任中国生物化学与分子生物学会分子系统生物学专业委员会副主任;

8月6日,钟扬出席在贵阳召开的中国植物生理与植物分子生物学学会第十一届理事会,出任理事,并担任该届理事会所属西部合作工作委员会委员;

9月4日,上海市教卫党委、市教委表彰2014年度上海市教书育人楷模,钟扬获提名奖;

2015年1月,受聘担任《植物科学学报》第七届编委会委员。

……

第十一章 最后的日子最后的辉煌

即便是脑溢血还要去西藏

钟扬在西藏和东部地区之间来回奔波,就如橡皮筋一般,拉到极限,再松一下,如此循环往复,血管非常脆弱。不仅如此,钟扬还有很多高原病,包括心肌肥大、心率过缓,心跳甚至已到40以下的临界值。但钟扬并没有把这些当回事,只要他还能动,他就一直在路上。

一直在路上的钟扬到底绷得有多紧?让我们来看看他的生活日常:

2015年3月6日,钟扬参加复旦大学会计硕士专业学位项目2015级开学典礼并致辞。3月10日,钟扬出席在管理学院召开的新学期研究生教育工作会议并讲话。5月2日上午,钟扬在复旦大学1号楼,参加自主招生考试的面试。

下午,钟扬难得有空去看望自己的小儿子,短暂的父子相聚之后,钟扬已经回到家中,校对复旦大学与西藏大学合作协议的草案,他是闲不住的。

"绷得紧""闲不住"的钟扬终于"熬不住"了。

2015年5月2日下午六点半，钟扬赴朋友之约聚餐。吃着吃着，钟扬的筷子掉到了地上，随后手机也被带到了地上，手已经完全失去了知觉。钟扬发病的时候，正好是跟几个医生在一起，医生马上准确判断是脑溢血，一点时间都没有耽误，救护车也没叫，直接用车子载着钟扬到上海医院做CT，当即确诊是脑溢血。

钟扬的妻子回想起这一幕，还是很后怕："当天晚上，我过去的时候，他右边完全瘫痪。但他恢复得挺好的，因为发现得早。我后来跟他讲，你幸亏是跟医生在一起，幸亏是在上海，如果在西藏，人基本上就没了。那些医生很厉害。脑溢血一般只要没有及时抢救，就算完了，抢过来也是偏瘫，因为脑部出血的地方，会持续压迫神经，压迫的时间长了，没有了营养，神经就会坏死掉。他当时也已经偏瘫了，但因为发现得早，止血及时，处置比较迅速，虽然压迫了神经，但血一点一点被吸收了，神经没有坏死掉。"

晚上九点，儿子大毛得知这个消息后，立即赶往医院，在钟扬身边守了整整一夜。而小毛则在学校给钟扬打了一夜的电话。

钟扬从重症监护室出来之后，学生和同事前去看望他。当时钟扬最明显的症状是走起路来手脚不太灵活。有时，大家会陪他搀扶着他。当时他还不能走到厕所，还得别人架着他。钟扬戴着头罩，还努力表示这点困难对他来说也不算什么。他希望自己赶紧恢复，回到工作岗位，因为他一刻也闲不下来。5月5日，钟扬在病床上写下一篇未完待续的《在我失联的日子里》。文中开头写道：

"5月2日是我五十一岁生日。前一天的夜里，我在疲惫交加之际，写了几段文字来描述我的出生。不知为何，我在句子开头提到了'我很累'，可能这就是内心真实的感受吧，我只希望能快快休息一下，不要再过每天睡眠 3 小时的日子。"

钟扬的手机闹钟定的是凌晨三点，三点一到，手机就开始响。在医院里，学生在陪护的时候，对这三点钟的闹铃还有些疑惑，后来才知道，老师平时给自己设定的睡眠时间提醒他该放下手中的工作，去睡觉了。而六点一到，钟扬又起床工作了。

5 月 6 日，钟扬在电脑上写下给党组织的一封信，建议培养相关人才，专门从事青藏高原生态屏障建设这项工作。

医生在的时候，钟扬就静养休息。一旦学生来了，他就立马给学生布置任务，甚至有些还需要他自己动手在电脑上记录。因此学生们还挨了医护人员不少"骂"，说他们不懂得体恤病人的身体状况。学生也是看在眼里，痛在心里。学生和同事去劝他，叫他好好注意休息，也没有效果。钟扬认为自己有那么多事情要做，就算生了病，工作强度也不能降低，也不能放缓一点工作节奏。生病期间，钟扬口述，学生们打字，他们竟然合作完成了一本书的翻译。

碰到有人送来樱桃，钟扬就像孩子一样吵着要吃樱桃，还要酸奶拌樱桃。医院里做的病号饭是限盐限糖限油的，白水煮青菜，即使是炒青菜放的油也很少。大家为了能让钟扬吃得稍微好一些，就主动为他做饭菜，早晨送到医院。钟扬觉得这样太劳烦大家，就提出要出院，并嚷着说要去上班。当时没人相信钟扬能很快上班，因为他走路的样子，还十分吓人，大家甚至都很担心，今后他连脑袋可能也无法摇动了。但他的坚韧也超出每个人的预料。只要一有空，钟扬就让男生扶着他走一走。18 天后，钟扬出院的时候，还不大会走路，甚至还流口水、流眼泪，没想到出院没几天，他竟自己从家里走路到单位上班了，同时也能摇头摇手。但是这并不能代表他已经康复了，吃盒饭的时候，他的手还是无法掀开饭盒。

或许这个病也给钟扬提了个醒,他开始注意身体。从那之后,钟扬去西藏的次数,开始减少,即使去,待的时间也缩短了。钟扬还是想做很多事情,对自己的未来有很多的打算,他担心自己下次再发病,也怕会很快离世,最主要还是担心有很多事情还没有做。

钟扬跟妻子张晓艳谈到这些的时候,张晓艳就跟钟扬说不能再去西藏,或者要去的话,时间也要短,钟扬回答说:"是的,我现在给自己规定半个月,不要超过半个月,一年最多去一两次。我现在大部分时间都在上海,他们有事的话,就从西藏过来。"钟扬对自己未来的状况,也非常清楚,也很有紧迫感。所以,钟扬后来想到什么事情,就会马上去做。

钟扬脑溢血以后,医生叫他戒酒,他真的戒了。在此之前,钟扬的酒量比较大,因为需要应酬一些工作上的事情,另外也是因为喝酒能减压。钟扬平时的压力,不会告诉任何人,包括妻子张晓艳。钟扬怕她会担心。而在学生面前,他又像无所不能的超人一样,给大家无限的安全感。只有喝酒的时候钟扬才可以特别放松,酒中藏着无数辛酸。钟扬原来有驾照,会开车,但他回国以后很少开车,因为一喝酒就不能开车。

这次中风,让钟扬真正意识到,他的身体健康大不如从前。以往冬天,钟扬只需穿一件衬衫,到了夏天,就会把空调开得特别冷。钟扬的母亲受不了,总叫他不要开得太冷,他不以为然,就叫母亲多披件衣服,认为那样就没事了。中风以后,他才真正理解了母亲当时的身体感受。他第一次觉得,冷气从四面八方朝他涌过来,令他透心地冷。原来冬天外套里只穿一件轻薄的白衬衫,生病后贴身穿上了厚厚的绒衬衫。后来他的身体有所恢复,到了夏天,他竟又把空调开得很冷。不过为了身体康复,他也做过一些努力。除了戒烟戒酒之外,他连喝茶的习惯都改了。因为有痛风的毛病，有人送他制苏打水的机子，他就开始喝苏打水了。

医生说钟扬的体重影响恢复，而且对心脑血管压力也太大。钟扬听进去了医生的话，开始减肥。后来乘飞机时，飞机上的饭，他都不吃了。他严格控制着自己的体重。以前他吃很多饭，是因为去西藏野外考察不得不吃饱。但是等到钟扬真正意识到问题了，他却很有毅力，并且一下子就减重了30斤。

钟扬的同事南蓬回忆说：

"他后来是拖着脚走路，脚完全抬不起来。你在背后看他，真觉得就是一个老人。是在西藏的生活，把他身体摧残成这样的。尤其像他这么奔波，如果真的一直待在西藏也好。原来钟老师记性超好，跟我们说个什么事情，他就告诉我们去翻哪个杂志，第几页哪篇文章，面对这种记性，你就佩服得无语了。后来明显感觉到，他的反应不行了。他原来体质特好，从来感觉不到他会疲乏的，每天只睡三四个小时，精神就很饱满。那时他还没去援藏，我们实验室早期的学生，也一直在做西藏植物的课题，但不用经常西藏上海两头跑。他在复旦招的第一个博士生以及后面几个学生，都是做西藏植物研究的，他让复旦这边的研究生也做西藏植物研究，大概一年去西藏两三次，采样一般也会很少。2001年到2005年之间，他去得不是太多，一年可能也就两次左右。后来真正援藏以后，也就是2005年以后，他去得就多了，那个时候西藏大学就聘他为兼职教授，他也拿到了跟西藏合作的一些科研项目。2017年6月，研究生毕业典礼那次，很多人觉得钟老师的疲惫可以明显看出来。我问他干吗非要这样去做，就不能安安心心地在家里多睡几天觉？对这种疑问，他有过正面的回应。我说，'你是不是一天不跑，觉得闲得难受，你一天不坐车，是不是觉得很难受？'他就笑着说，'对！'有时我也坐长途车，闲得难受的时候我也有的，坐到崇明岛这样跑跑，我都觉得累得不得了。其实坐车超过 4 个小时，是很累的。但是钟老师以前身体特好，他就在休息室休息下，晚上睡三四个小时，哪怕有一点时间打个盹，过一会儿他就精神抖擞。钟老师从来不开车，他说，'这样别人开车的时候，我就可以睡一觉。'他要到哪去的话，哪怕是第一次，他从来不会坐过站。他说，'我一上车就能睡着，快到了我就醒了。'他就是这样到处辗转，就没觉睡了。原来早晨没什么事的话，他可以睡到中午。以前没有太多事的时候，他会到我们实验室来，一般晚上十二点钟才走，第二天早上大概十点以后才来。他后来干了行政，就不可能这样。原来在实验室的话，他早上不会那么忙。行政工作对他是雪上加霜。没有行政工作的话，他也不会频繁地从西藏赶回来，他可以去待一段时间，再回实验室这边。"

2016 年 6 月 27 日，钟扬脑溢血后，第一次进藏。当时钟扬正在成都，参加一个学术会议。钟扬的父亲打电话问钟扬在哪，钟扬回答说在成都。这位老父亲的担忧涌上心头，他预感到钟扬将去西藏，在电话里便叮嘱他一定不要再进藏了，身体还没好，进藏的话身体负荷加大，会有生命危险。虽然钟扬小时候，父亲对他十分严厉，但"儿行千里"，又有哪位父亲母亲不担忧的呢。钟扬虽然知道，但还是将电话挂了。随后，还是又飞去了西藏。2016 年这一年，钟扬乘飞机 167 次。

最后的日子他依旧忙碌

钟扬脑溢血后，也就是 2016 年以后，行程依旧排得满满当当：

2016年3月1日下午，钟扬出席在复旦大学召开的新学期研究生教育工作会议并讲话。3月底，第七届教育部科学技术委员会成立，钟扬被聘为地学与资源环境学部委员。4月12日，钟扬在南京大学研究生院进行"研师论道·开讲啦"讲学。4月19日下午，钟扬应华中农业大学水产学院副院长梁旭方邀请，参加该校水产讲坛，作题为"动植物间的基因水平转移"的学术报告。4月26日，中共中央总书记、国家主席、中央军委主席习近平考察中国科学技术大学，钟扬应邀回到母校，和大家一起受到习总书记的集体接见。4月27日，钟扬出席复旦大学研究生委员会提案答复会并答复相关提案。5月17日，钟扬参加中国教科文卫体工会座谈会。发言稿《弘扬劳模精神，培养创新人才》刊登于《中国教工》2016年第6期。同时，钟扬受聘担任中国医师协会临床精准医疗专业委员会第一届委员会委员，任期3年。6月9日，钟扬参加2016复旦EMBA春季班开学典礼，发表致辞和主题演讲。6月24日，参加复旦大学2016届研究生毕业典礼暨学位授证仪式，并宣读全部学位名单。6月，钟扬获复旦大学"优秀共产党员"荣誉称号。同时，《博学文库》（第二辑）由复旦大学出版社出版，钟扬作《总序》。7月2日，第二届复旦大学EMBA项目人文盛典在管理学院举行，钟扬作"基因·进化·哲学"主题演讲，表示科学与人文始终息息相关。7月14日上午，2016青少年高校科学营复旦大学分营在复旦大学开营。仪式后，钟扬带来首场大师讲堂，结合自己求学以及在西藏做科研的经历，讲述何为生物多样性及生物多样性之美。7月20日，钟扬在上海交通大学出席C9高校研究生院院长交流研讨会，发言主题为"论文写作是研究生培养体系中的薄弱环节"，着重介绍研究生论文写作中存在的问题及提升研究生论文写作水平的途径。8月15日，由华东师范大学教育学部承办的第31届全国青少年科技创新大赛之STEM教育论坛在上海举行，钟扬作报告。8月18日上午，钟扬、李辉在上海图书馆主讲"解读我的美丽基因组"。9月17日下午，在"2016复旦哲学大会"前沿思想讲坛上，钟扬作"基因进化中的哲学思考"主题讲座。10月21日，"C9高校研究生学籍学生事务与奖助学金管理工作研讨会"在复旦大学召开，钟扬出席并致欢迎词。10月25日，上海自然博物馆引进展"灭绝：并非世界末日？"开幕，钟扬担任戎嘉余院士讲座主持人。同时，钟扬受聘担任《微生物学报》第11届编辑委员会编委，聘期5年。11月4日，钟扬在武汉大学参加研究生院联席会并作大会报告《提高研究生培养质量的理念与措施》。11月12日，西北农林大学研究生导师培训会在复旦大学举行，钟扬作"如何应对当前研究生教育面临的挑战？"报告，100多名近3年来首次招收博士、硕士的研究生指导教师参加。11月13日中午，钟扬从西安抵达开封，下午为河南大学研究生院"导师学校"作"提高研究生培养质量的理念与实践"专题报告。11月15日，第3届国家民委系统新进青年干部培训班在中央民族干部学院举办，钟扬作为援藏前辈专家发言。11月27日，钟扬在北京林业大学作"研究生教育改革与导师的职责"专题报告。11月30日下午，钟扬参加2016年复旦大学研究生导师及管理干部培训大会并致辞，为新成立的"研究生导师服务中心"揭牌。12月8日下午，新民科学咖啡馆在上海科技馆办讲座，钟扬参加并讲述如何做好科普。12月15日下午，湖南商学院"麓山大讲堂"第49讲，钟扬主讲"研究生教育与导师的职责"。12月16日下午，华南师范大学"名家大讲堂"，钟扬为研究生作题为"怎样提高科技论文写作水平"的学术讲座。12月17日，钟扬受聘担任北京师范大学、复旦大学生物多样性与生态工程教育部重点实验室第二届学术委员会委员。12月24

日，钟扬出席北京大学城市与环境生态学院生态系主办的第十三届"北京大学生态讲坛"，与葛剑平、魏辅文、李德铢、罗述金等一起作大会特邀报告。12月28日上午，钟扬在大连民族大学开发区校区作"怎样写好研究生学位论文"专题报告。

这样的工作强度，在一般人看来难以想象，更何况钟扬拖着已经"受损"的身体。虽然这一年他去西藏的次数减少了，但他依旧没停下来。他"不想每天只睡3小时"的愿望并没有实现。

功夫不负有心人，钟扬的业绩也得到了赞扬和报道。

2016年1月25日，《新民晚报》刊发张炯强的文章《沪教授率团队驻守临港海边，守护红树林扛过严寒考验》，报道钟扬和他的团队在纬度最高的北半球地区，成功实现人工栽种红树林。2月12日，《文汇报》头版头条刊登首席记者姜澎撰写的《复旦大学钟扬教授10年破解红树北移难题，备上一份"生态厚礼"送给后人——为50年后的上海栽下美丽海岸线》。4月15日，《南师研究生》刊发徐慧中的文章《听钟扬教授分享"教师是一种什么样的职业"》。

5月28日，《文汇报》第6版刊登钟扬撰写的《一个招办主任儿子的高考》谈及当初不能提前高考、尝试报考少年班的经历。文章署名"索顿"，系钟扬藏族名字"索朗顿珠"缩写。"索朗顿珠"意思是"有福德、事业有成"，这个名字也是藏族朋友对钟扬的祝福。对于这个藏族名字，钟扬很是喜爱，经常练习签名，在他心里，他已经算是半个藏族人了。

6月12日，《黄冈日报》转载此文，署名钟扬，并注明其为黄冈人、黄冈中学毕业生。8月30日，《上海科技报》刊发《复旦生科院钟扬教授：上帝的两扇门，揭开基因组天书的奥秘》，文章报道在2016上海书展"书香·上海之夏"名家新作系列讲座之"我的美丽基因组"讲座活动中，钟扬用一个个鲜活生动的例子，深入浅出地为公众解读了基因组这一生命天书的奥秘。11月21日，中国科大新闻网刊发记者杨梅文章《神童到中年》。12月10日，《新民晚报》记者马丹、董纯蕾文章《致敬科普志愿者，愿你们早日打通"最后一公里"》。

钟扬还十分关注退休老同志，经常去参加研究生院敬老节活动。他亲身尝试地藏药对身体很有好处，就把药向这些老教工推荐。但凡他们有什么需要，钟扬都一一记在心里，一有时间，就满足他们的藏药需求。这个外表粗犷的研究生院院长，实则有颗细腻的心。

2017年，钟扬五十三岁，谁也没有想到，这是钟扬在人世间的最后一年。这一年，他依旧很忙碌。

1月22—26日，钟扬在澳大利亚麦考瑞大学参加 Cotutelle &Joint PhD 2017 research management workshop，并作报告"The joint-Ph. D. program based on MQ-FU-HAM tri lateral partnersships"。3月14日，在东莞市召开的全市创新发展大会上，钟扬代表复旦大学与东莞市人民政府签署《东莞市人民政府复旦大学共建研究生实践基地意向书》。钟扬对翻译著作热情不减，参与翻译了英国 E·奇文、A·伯恩斯坦的著作《延续生命——生物多样性与人类健康》。此外，钟扬作为通讯作者，发表了"Testing the effect of the Himalayan mountains as a physical barrier to gene flow inHippophae tibetanaSchlect．（Elaeagnaceae）"和"Discovery of a high-altitude ecotype and ancient lineage of Arabidopsis thaliana from Tibet"两篇论文。除了科学论文外，钟扬还写了不少文章。3月，钟扬撰写《达尔文进化论过时了吗？》刊登于《科学》69卷第2期"科学书屋"栏目。6月26日，《哲学课堂》刊发《重磅｜钟扬：基因进化中的哲学思考》。8月，撰写《基因密码——生命与哲学》刊登于《书城》2017年8月号"知本读书会"栏目。9月12日，撰写《世界屋脊上的种子收集者》刊登于《北京青年报》，《课外阅读》杂志第22期转载。

4月14日上午，钟扬在湖南师范大学为湖南省高校硕士研究生导师高级研讨班作《研究生教育面临的挑战与导师的职责》专题报告。晚上，钟扬参加湖南商学院研究生创新创业论坛，作"如何提高研究生学位论文写作水平"的报告。4月15日，在湖南师范大学研究生教育创新论坛在研究生院二楼会议室举行，钟扬作"有关研究生教育的若干理论与实践"主题讲座。4月18日，钟扬荣获"2016年度上海市社会主义精神文明好人好事"称号。5月12日，钟扬受聘担任上海市实验学校顾问，协助课堂建设，并作题为《生物学实验与批判性思维》的演讲。5月18日，在上海自然博物馆参加科普活动。5月20日下午钟扬为某单位作"基因密码——生命与哲学"主题讲座。5月23日下午，钟扬在复旦大学光华楼102报告厅出席复旦大学2017年研究生导师及管理干部培训大会并作专题报告。同时，钟扬应中国科大少年班班主任朱源、同学郝权邀请，到深圳为当地中学生做了题为《生物学实验与批判性思维》的科普讲座。6月2日，钟扬在重庆市复旦中学作题为"批判性思维·理念与实践"讲座。6月6日，钟扬在浙江大学参加全国研究生招生工作学术研讨及培训会，并作大会报告《研究生招生考试方式与培养效果的关联分析》。6月17日下午，在上海自然博物馆，钟扬与30多个小朋友及家长交流。6月18日，钟扬在上海大学美术学院作"领导力与队伍建设——学科带头人与创新团队建设"报告。6月23日，受聘担任国家重点研发计划"生物安全关键技术研发"重点专项专家组成员，聘期4年。7月6日，国家重点研发计划"生物安全关键技术研发"重点专项专家组在中国生物技术发展中心成立，并召开第一次会议，钟扬担任副组长，聘期5年。7月15日，在杭州西溪举行的"一席"现场演讲与网络视频节目上，作为第507位讲者，钟扬发表著名演讲《种子方舟》。7月中旬，钟扬为安徽师范大学中层业务领导人员发展战略研修班作"重点学科培育和科研平台建设"报告。7月20日，钟扬在北京参加教育部博士研究生教育综合改革试点座谈会。8月22日，钟扬在上海科技馆参加活动，并为学生讲解在临港种植红树林的经过。

8月25日，钟扬在上海科技馆主持科普讲坛，留下了30分钟演讲视频。这也是钟扬与陈家宽的最后一次合作。

8月31日，在上海浦东新区，钟扬亲自为中国西南野生生物种质资源库采集到最后一份种子，也是唯一一份没有采自青藏高原的种子。10年间，钟扬累计为该种质库采集种子226种、544份、1300万粒，另采集标本3665份，DNA有1367份。

9月1日下午，钟扬为安徽师范大学音乐学院和生命科学学院的教师作"教师是一种什么样的职业"专题讲座。9月2日上午，在安徽师范大学为生命科学学院师生作"青藏高原的生物多样性与分子进化"和"基因水平转移——生物信息学预测与实验验证"的专题报告。9月8日下午，邀请浙江西湖高等研究院跨学科联合培养项目的首批19名博士生新生到复旦大学研究生院座谈，勉励博士生们全力以赴投入学习科研，争取顺利完成学业。9月11日上午，钟扬为安徽工业大学2017级研究生作"做一个合格的研究生——科研论文写作与学术诚信教育"主题报告。9月13日，钟扬参加复旦大学和汉堡大学联合举办的"中国在欧洲 欧洲在中国——历史与当下"联合培养博士项目开幕招待会并致辞。9月15日，钟扬在浦东为小学生们讲解湿地生态保护有关知识。同时，与团队成员顾卓雅、顾洁燕等一起在上海科技馆专题研究上海自然博物馆更新改造事宜。9月19日，上海市教卫直属机关青年工作委员会首场报告会举行，钟扬讲述

"高原教育实践和感悟",提出青年成才需要毅力、胸怀和创新三个重要品质。

他独自远航去了遥远的地方

2017年9月24日晚23时56分,刚刚为城川民族干部学院讲完课的钟扬,在复旦大学研究生院"院长办公室"微信群讨论上党课事宜,说:"我26日出差回校,下午四点给大家讲黄大年。"黄大年和钟扬的关系非常好,况且以钟扬的为人和口才,他绝对是介绍黄大年事迹的不二人选。复旦大学的老师和同学们都在静静地等他出差回来。

9月25日早晨五点多,钟扬乘车赶往银川机场,在经过内蒙古鄂尔多斯市下辖的鄂托克前旗时,所乘小车与停在路边的铲车猛烈相撞,钟扬不幸因公殉职。在这之前,钟扬已经跟拉琼他们约定好,9月28日回西藏大学,再商议学科建设的事宜。9月25日上午,拉琼已经按捺不住欣喜,等着钟扬前来。他去钟扬在西藏大学的宿舍,将里面的物品整理一番,打扫了一下卫生。

9月25日上午十点,钟扬的妻子张晓艳得知了这个噩耗,她一时间难以相信。张晓艳带着两个儿子前往银川,一路上,儿子还一直问妈妈为何突然到银川去,张晓艳都难以开口告诉孩子们。当孩子们从网上看到铺天盖地的新闻时,他们才真正意识到,他们的父亲不在了!

钟扬的大儿子钟云杉在自己的QQ空间写下:"父亲,我们还没有长大,你怎么敢走!"而在9月9日,他们一家人还给大毛过了一个十五岁的生日,给远在山东的小毛寄了一个生日蛋糕。而这个欢乐的时光好像就发生在昨天。孩子们心痛难耐。钟扬的小儿子钟云实在为父亲守灵时,又往父亲的手机上发了微信:"爸爸,你终于可以回家休息了!"他期望手机上有来自父亲的消息提醒,可是黑色的屏幕再也没有亮过。

张晓艳担心这一消息如果让钟扬八十岁的父母得知后,会发生什么意外,她在银川打电话给电信局将家里的网线断掉。但是,得知消息的亲朋好友相继上门安慰二老。钟扬的父亲钟美鸣打电话给张晓艳确认时,这位耄耋老人在电话里再也忍不住,号啕大哭。等到老人稍稍平复一下心情后,这个老共产党员没有提任何要求,只希望在钟扬的追悼词上写下"钟扬是优秀的中国共产党党员!"这个一生为教育献身的父亲,把国家看得最重。或许这样,他才会觉得,自己的儿子没有给党和国家丢脸,他的离开才有价值。

9月25日中午,德吉在网上提交西藏自治区科技计划项目,项目上还有钟扬的名字。噩耗传来,她悲痛得哭了出来。她原本一直打算给老师做一套藏袍,等今年冬天老师再进藏就可以穿了,现在,都成了永远的遗憾。那个一直对穿着毫不在意的钟扬,真的走了!

下午一点多,拉琼将一切准备妥当后,准备坐下来休息。一个电话打破了温馨与宁静,这个为西藏大学学科建设一直奔波的人,不会再回来了。办公室内钟扬的衣服依旧在衣架上等着他,拉琼不敢相信这一消息是真的。扎西次仁第二天赶到银川殡仪馆,祭奠钟扬。这些钟扬手把手培养起来的学生,正是西藏大学生物学的骨干。钟扬虽然走了,钟扬的学生会代替他继续奋斗在青藏高原上。

9月26日早上,钟扬的学生边珍到钟扬办公室整理他的遗物,办公室的电脑还开着,而页面上显示的不是别的,正是钟扬9月28日从上海到拉萨的航班信息。钟扬,一直在路上。他在路上付出了他的一切,包括生命。

复旦大学研究生院综合办公室主任包晓明去上海市肺科医院给藏族学生取完药回到办公室后，发现办公室的人神色都很凝重。他没有多想，正打算坐下来休息。手机就响了起来，钟扬在鄂尔多斯出事了。还没来得及多想的包晓明，被一阵敲门声拉回了现实中，先主任让包晓明赶快准备一份钟扬生平。包晓明这才意识到，钟扬这次真的离去了。

9月28日，殡仪馆外面的广场上摆满了花圈。来自全国几十所学校的学者以及学生来为钟扬守灵。在去银川的路上，拉琼写道："十几年来他总是没日没夜地从复旦穿梭于西藏、青海、甘肃和内蒙古这些边远欠发达的少数民族地区，整天忙碌于这些地区的教育、人才的培养和科学研究。最后也倒在了少数民族地区，走完了他辉煌的人生路程。"复旦大学生命科学学院的门口挂起了横幅，上面写道："留下的每一粒种子都会在未来生根发芽——沉痛悼念钟扬教授"。学生们为钟扬叠的千纸鹤在空中飞翔，无数真诚的语言都在悼念这个一生为学生服务的人民教师。复旦大学的学生们在路过钟扬所在的研究生院时，211办公室的灯光，再也没有亮过。而那满窗的灯光，曾给了多少学生希望的慰藉。

9月30日，钟扬的骨灰被运回上海。复旦大学上百名师生到机场迎接钟扬。钟扬的妻子和两个儿子捧着骨灰，神情憔悴。随着他们一起回来的还有钟扬随身携带的包。这个包里有衣服、笔记本电脑、工作手册、小零食等等，这个包伴随着钟扬做了一件又一件大事。它的重量中有梦想的成分。而记录钟扬事迹的2013年拍摄的纪录片《播种未来》，全网点击量一天就已经超过1200万次。钟扬在片中的那段话早已印记在每个人的心里。

"我曾经有过很多梦想，那些梦想都在遥远的地方，我独自远航。我坚信，一个基因可以为一个国家带来希望，一粒种子可以造福万千苍生。任何生命都有其结束的一天，但我毫不畏惧。因为我的学生，会将科学探索之路延续；而我们采集的种子，也许在几百年后的某一天生根发芽，到那时，不知会完成多少人的梦想……"

钟扬曾跟扎西次仁说，将来自己去世后希望可以将自己埋在西藏，扎西次仁没想到这一天竟来得这样早。他带着钟扬的部分骨灰，回到了西藏，按照藏族的仪式安葬了钟扬。钟扬的好友黄梵回忆道："出事以后，有人怪内蒙古学校，没有派人送钟扬。有人认为，钟扬坐的是黑车，不是出租车，因为出租车司机比普通司机要老练。有人说，这疲劳驾驶的司机，估计就不大起早，不能适应钟扬早起的节奏，因为铲车已经放了一天一夜，别的车都没撞上，为什么偏偏就这司机撞上？这是很不应该发生的事。有人说当时可能司机打瞌睡，才会没看见。还有人说，内蒙古那所学校7月份才成立，在接送嘉宾方面还没有经验……钟扬生前其实跟他的学生和朋友都说过，他并不怕死，如果要死，车祸最好。他真的是不怕的。他中风以后，在家里躺了半年，大概觉得死亡已是无所谓的事。他曾跟一个科学家说，'你应该到拉萨来，到西藏来，因为在西藏，每天都在讨论人为什么活着。你如果在其他地方讨论这个问题，别人会觉得你脑袋不太正常。'"

对于死，钟扬早已构想过，钟扬的同事南蓬说：

"他还说过，人死的最好方式是车祸。他真说过这话，他觉得车祸的时候，人突然瞬间就没有知觉了，挺好。有时候，我们会说谁谁谁生病，瘫在床上了什么的，他从来是忌讳这些事的。我记得，我们学校的一个老师中风半瘫了，他就说'人家活到这份上真没意思，如果这么难过的话，我倒是希望车祸什么的'。"

而这，竟一语成谶。

钟扬曾跟学生们说："哪一天我拼尽全力不在了，你们该干吗就干吗，没有说一定要你们去记住我，继承我的什么事情，也继承不了。"钟扬做的事，没有人可以继承，但钟扬对待科研、对待教育的精神，已经深深烙印在每一个人的心里。

第十二章　无疆大爱铸就『时代楷模』

一个"不合格"的父亲和儿子

钟扬的两个儿子大毛和小毛,小的时候一般晚上七八点钟就睡了。但钟扬只要一回来,就叫醒他们,把带回来的好吃的或者好玩的给兄弟俩一起吃或陪他们玩一玩。钟扬想在回家的第一时间,跟孩子们相处。因为他工作很忙,平时基本无暇顾及孩子。对于这种方式,张晓艳其实是有些微词的:

"我问他怎么搞的,把孩子弄醒干吗?他说明天我没时间,只好今晚和孩子们玩一玩。他特别随性。小孩都懵里懵懂的,他把他们弄起来,还得再花时间才能睡着,他不懂小孩。第二天再问他们,昨天爸爸给的是什么?他们都记不得,因为当时完全是睡梦状态。有时我有个什么事,就托他管一两小时或两三小时,他能管得乱七八糟。比方说,我今天不能回来吃饭了,让他带两个孩子去吃饭,这种在我看来特别简单的事,他能一团糟。带孩子吃完饭回来,要不拉得一塌糊涂,要不吐得一塌糊涂。有时孩子会吐得满身都是,有时还发烧什么的,我还得送医院,够折腾的。不是要他带一个星期一个月,就只让他带两个小时,但最后我得用双倍的时间去收拾残局。为什么他带孩子出去吃，小孩就容易吐，闹肚子，因为他完全不知道小孩应该吃什么。后来就算了，就尽量不找他，他也落得一个清闲。我还问过他是不是故意的。"

有时钟扬实在没空就先答应下来，然后找个学生帮忙带一下。就算是钟扬带着两个孩子出差到哪里，他也会让对方帮忙看一下，或者把两个孩子放在宾馆里，去干他的事了，任由他们在那里玩游戏。钟扬不会为了两个孩子腾出多少时间，他确实忙，忙得连休息的时间都没有。

张晓艳说："他有一次跟小毛谈话，说他还有20分钟就要上飞机了，就谈20分钟，然后就是一、二、三、四、五。当时小毛说的话，不在他的预想里头，他自己要说什么其实也没想好，他就属于这样一个状态。还有一次，小毛是因为在西藏班参加什么考试，跟着同学一起去了一趟西藏。小毛回来就跟我抱怨说，本来他想跟他爸待一段时间，多玩玩。结果爸爸忙，根本就不带他。钟扬西藏那些学生或同事，看小毛可怜，就带着他到处去玩玩，钟扬根本就顾不上。"

钟扬的两个孩子觉得爸爸一直没有时间陪他们，特别是小的时候，对钟扬难免有点怨气，觉得父亲不靠谱，答应的事经常都被他其他事情冲掉了，陪他们的时间太少。有的时候他们很想跟钟扬多待一会儿，但钟扬总是去忙别的。对此，妻子张晓艳都看在眼里。张晓艳有时会问钟扬，"从一个父亲的角度讲，会不会感到遗憾？"因为钟扬缺席了他们的成长，没有为他们两个去制定一些计划。等到钟扬有空了，想起来了，就跟两个儿子讲一讲。没空的时候，根本想不到他们，也没有心思管他们。钟扬自己也没想到他会这么早就离开孩子，他生前总觉得以后还有机会。钟扬计划等两个孩子长大了以后，理解力智力等需要人来引导的时候，他能为孩子考虑学业，包括今后的人生规划这类问题。因为钟扬在事业方向上的引导，会对他们发挥很好的作用。钟扬曾经跟妻子说过，他肯定不是那种能送孩子上学、接孩子放学的父亲，即使想，也没有时间能做到。

小毛上初中开始，包括上西藏学校、去山东上学，钟扬才开始来管小毛的一些事情。但钟扬管的也是有限的，如带小毛吃饭，给小毛买东西等等这些事情他会满足。其他的，钟扬都是交给张晓艳来管。钟扬对小毛寄予的期望很高，他认为小毛更像自己，而去西藏采集种子这些后续的路，需要他自己来走。

钟扬的大儿子大毛读初三时，突然要求父亲给自己加大学习上的任务，这让钟扬夫妻两人感到意外的同时也很欣慰。钟扬把他送到书院加强补习，每每他去接大毛时，那种父亲对儿子的关心显露无遗。大毛的发奋，让他考上了复旦大学附中，孩子能成才，对每一位家长来说，都是再好不过的喜讯。钟扬在出差前，还跟儿子大毛探讨选择学科的事，让大毛一定要选物理，因为物理可以训练一个人的理性思维。他希望两个孩子在不同的人生道路上都能越走越远，这是一位父亲对孩子的殷切期望。

钟扬的状态就是，把学生当自己的孩子，把自己的孩子当学生。这一点跟钟扬的家风其实是有关系的。

钟扬的父亲经常说钟扬的爷爷不曾管他，钟扬嘴上不说，他心里其实也怨父亲，父亲也没怎么管他。他们父子的心，都在学生身上。所以，钟扬跟学生，钟扬的父母跟学生的关系都很好，包括现在年纪已经很大的学生。反而对自己的孩子比较粗线条。钟扬还有钟扬父亲至少在言语上是比较家长制的。张晓艳说：

"有一次，钟扬说他在少年班时考试考得很不理想，他眼中的不理想，肯定就是就不及格了。钟扬那时很沮丧，他就跑回家待着，但他父亲非要把他赶回学校去，也没有问问他为什么。他父亲处理问题就是这样。钟扬那时不想回到那个班上，肯定是有原因的。那时候交通那么不方便，钟扬一回家，他父亲就质问，'现在是上课时间，你怎么能回来，你给我明天就回学校。'这弄得钟扬挺不高兴的。比如我们去北京领时代楷模奖这件事，我也能从中体会到钟扬小时家里的环境。大毛当时不想去，其实也没有别的想法，只是觉得去北京还要耽误三天的课，就不想去。后来孩子跟他爷爷发生了很大的冲突，他爷爷说如果大毛敢不去，就跟他断绝关系什么的，弄得大毛很难过。大毛就说了气话，'我这一辈子也不原谅爷爷。'大毛这么说其实是想表达他当时的心情，后来他爷爷打电话给我，大毛也接。老人跟孙子都这样，可想而知他跟儿子钟扬当时的父子关系很紧张，完全是家长制作风。可以想象得到现在这种情况。钟扬父亲就是这种性格，真的很难改。"

有时张晓艳有意识地让钟扬和两个孩子接触。孩子要买什么东西，张晓艳会问他们为什么要买，他们嫌张晓艳啰唆，就去找钟扬，钟扬就答应说好，不管是对还是错。碰到孩子要贵重一点的东西，钟扬自然就会问张晓艳。孩子已经摸清了钟扬的性格，因为钟扬顾不上斟酌孩子们的要求是否合理。

孩子出生时，钟扬跟张晓艳约定，孩子十五岁之前由妻子张晓艳带，十五岁之后，钟扬多做指导。但是这一约定被一件又一件事情打破，钟扬根本没有时间来好好陪陪两个孩子。

对于自己的父母，钟扬也常无暇顾及，几乎全靠妻子来照顾。尽管如此，张晓艳从来不觉得为难。张晓艳说：

"可能像钟扬说的，我也比较简单，也不懂人际关系，一开始双方都比较坦诚。婆媳关系真的是没话讲，我跟他妈妈相处，可能比我跟我妈还好。我妈因为是对自己的女儿，她会毫无顾忌地多一些挑剔，或者言语上也不客气。他妈妈有什么事情，从来跟我不会藏着掖着，或者有什么顾忌。有的时候，她还跟我吐钟扬的槽，说：'你看，我就想让他回来一下，就跟他说让他给你们带点什么东西。他就跟我说他几点几分到，叫我把东西准备好，他拿了就走。有的时候他实在没空了，直接去飞机场，就叫一个学生来拿。'老人家说，'我气死了。以后我就寄快递，不让他来了，我不指望他。'她就钟扬一个孩子。那个年代独子很少，钟扬有两个弟弟好像都没活下来，他等于是独子了。我是家中的独女，我们两个独子独女碰到了一起。每年冬天，钟扬母亲会给我们寄红菜薹什么的。我叫她别寄了，差不多尝尝鲜就行。她说两个小孩喜欢吃，她后来真的自己去寄快递。"

钟扬跟父母的关系很微妙，年轻时一直想离开父母。钟扬小的时候，父亲对他管得很严厉，打得也很厉害，导致钟扬的逆反心理特别强。钟扬跟学生也讲过，说他年轻时唯一的愿望，就是要离家远远的。这也是钟扬父亲后来一直很后悔的地方。钟扬来到复旦大学后工作更忙了，即使是春节，回去的次数也不多，他有时会在大年三十半夜回去，或者大年初一回去，初二就又去工作了。钟扬的同事南蓬每年都会回武汉，她只要回去，一般都会去看看钟扬的父母。钟扬的父母都特别开心，钟扬的妈妈总是拉着她有说不完的话。人的年纪大了，就希望儿女在身边，而钟扬又抽不开身，他的父母往往看起来很寂寞。

2017年春节的时候，钟扬父母打电话让钟扬一家都去武汉过年，但是大毛和小毛还没放假，钟扬和张晓艳手头都还有很多工作没有处理完，会耽误十几天。钟扬的父母就跟张晓艳说："让你爸你妈先过来，赶快先过来。"他们就是这样子，和张晓艳相处得十分融洽。

"不称职"的丈夫和贤惠的妻子

钟扬从国外留学回国时,张晓艳博士没读完。当时钟扬就想让张晓艳回来,张晓艳还是挺犹豫的,她想拿到博士学位。钟扬就跟张晓艳商量让她买来回机票,张晓艳真的买了来回机票,结果一回来,就有了各种各样走不了的理由。

钟扬已经把两边父母都说服了要孩子。那个时候,钟扬觉得他们一家生活得特别动荡,如果一旦有了孩子,张晓艳肯定就抽不开身了。张晓艳说:

"他就说我以后保证改,他承诺得很好,还有很多规划,包括有了孩子怎样生活。最后都不算数了。他也会心疼我,他的意思是,托给别人带还是怎么的。我说绝对不行。我当时很犹豫要不要孩子,但是觉得一旦有了孩子,我一定要自己带。两个孩子其实是钟扬当时特别想要的,钟扬也是个孝子。到后来就像大毛说的,没想到要小孩这么麻烦,真是没想到。反正他们两岁以前,我就没睡过整觉。当时请了两个保姆,保姆都受不了。"

有了孩子以后,张晓艳基本上更倾向于负责家庭这方面。钟扬工作上的事比较多,张晓艳的工作钟扬也没时间参与。张晓艳对钟扬说:"你看我们家里头跟俱乐部一样的,吃饭什么的都是一堆人,也没个时间点,有了孩子这样就不行,吃饭得有时间点。"

以前我们在一起,主要是他做饭。我不太吃辣的,也不太会做。他做的都比较辣,一般会先盛出来一点,然后再弄点辣,因为他妈妈也不吃辣,他经常说她是假的湖南人。那个时候他还有时间做饭,尽管他做饭也没有时间点。以前我们两个人的时候,随便七八点钟吃晚饭也行,有时半夜十点十二点也可以吃晚饭。有小孩以后,我父母来了,小孩和父母肯定得定时吃饭。生育之后,我感觉自己特别累,好像中了钟扬的计。他当时还有一个承诺,说两个孩子十五岁以后,他来管。他后来也很内疚,这又是一个计。他当时还没说十五岁,是说十二岁。十二岁以后,其实他也开始管小毛,但他确实没时间。后来就说十五岁以后他管,他倒是履行承诺了,还真开始管。陆陆续续会管一些,但孩子小的时候他真没管过,也不会管。"

但是张晓艳自己能解决的事情,一般不会给钟扬添麻烦。张晓艳认为,让钟扬多介入家里的事,也不是自己的性格,她也不想有意识地这么做。只要张晓艳跟钟扬打电话,或者发微信了,钟扬就知道这件事张晓艳解决不了,他就会赶快去解决。这是他们之间的默契。

认识张晓艳的人,一般不清楚钟扬的情况。认识钟扬的人,只要认识张晓艳的,都说张晓艳更厉害。张晓艳说:"他一开始就说了,说小孩子交给我,他很放心。他这一句放心的话,把我累垮了。我的工作压力也很大,我在高校,毕业的时候也就是中级职称,再到副高,到正高,全都是硬碰硬的评审。钟扬有一个好朋友,我们两家一直有来往,他朋友说佩服的是我。其实我自己也没有想过,也没有那么认为。朋友说,钟扬也真的就是碰到了我,他碰到谁都没办法搞定这一摊子事。'你看你读书,也能读,生小孩,一下养了两个,有了孩子还都自己带。既当家庭主妇又工作,自己还能做到教授和博导。'"但张晓艳还没有觉得自己做了什么,她想替钟扬分担工作上的事,无奈分身乏术。对她来说,将父母与孩子照顾好,平衡好自己的工作,不给钟扬添麻烦,就是自己对丈夫所能做的极限了。

但是张晓艳有时候也会跟钟扬说:"孩子长大了,尤其男孩子是需要父亲的,不能老跟妈妈在一起待着。再说他们老跟我在一起,从小是我带大的,我也没那么有权威,他们对我就会耍赖。早上不起来,他们会说'你再让我睡一会,你怎么能不让我睡觉?'我说'不是我不让你睡,是你自己的时间到了。'我跟钟扬说,让他要多管管。两个孩子肯定不看妈妈买的书,小学的时候他们就说过妈妈买的书不看。"张晓艳有时候感到很无奈,钟扬也很想给孩子布置任务,但都以没有时间为由一拖再拖。

张晓艳带孩子很累,尤其两个孩子又正好处在青春期的时候,非常叛逆。无论怎么做,孩子觉得都不对劲。张晓艳很能理解,她说:"其实有的时候他们的情绪没法宣泄,然后随便找个理由,我也知道他们是随便找的。一件很小的事情,以前可能不会觉得怎样,现在都可以把一个芝麻放大成西瓜。这也是现在为什么让大毛待在一个比较好的学校。他们同学说一句什么话,他就当一回事了。他同学说你的头发长了,他就赶快去剃。所以我有时候为了让他能够听进我的,我经常把想说的话转给同学,让同学再说给他,就比我直接跟他说的有用。本来孩子大了,我想喘口气交给钟扬管的!有了两个孩子,对做学术影响很大,我基本上做出了牺牲,让钟扬继续奋斗他的事业。"

从另一个角度讲,钟扬可能也会有点大男子主义。有时候,张晓艳也特别听钟扬的话,南蓬说:

"就像上次要卖房子一样,我问她干吗要卖?她说是钟扬让她卖。钟扬说小毛学习成绩不太好,高中不一定能考上,说实在不行就送他出国。他们又没钱,只好卖房子。我跟张晓艳说'你有两个儿子',她说就因为有两个儿子,只有一套房,那还不如卖了,谁也不给。他们只有一套房子,现在他们住的这一套,是张晓艳父母的。钟老师来复旦时分配的一套引进人才的房子,他们卖了,结果把小毛上高中的事解决了。我们当时还是有点反对送小毛出国读高中的,即使花钱把小毛送出去,也不一定学习能很好的。后来晓艳老师也说,两个儿子,他们夫妻俩只有一套房,要不给都不给,让钟老师没有后顾之忧!这样也公平。"

认识张晓艳和钟扬的人都认为,他们是天生一对,因为他们对物质的要求,都是无所谓的态度。对他们来说,只要能满足最基本的生活需求就行了。张晓艳想让两个孩子能正常毕业,虽然也希望他们能优秀,但她没精力也没有时间,去陪两个孩子参加培训班。孩子小的时候,钟扬基本上都不在家,都在外地出差。张晓艳能力很强,她学的是植物学,可因同济大学缺少生物信息学的老师,张晓艳就从事生物信息学研究——张晓艳刚去同济的时候非常不容易,只能边学边做。张晓艳不太会做家务,主要是张晓艳的父母买菜做饭,帮她带孩子。但是孩子的培养,包括每天的接送、功课陪伴,都是张晓艳的工作。张晓艳跟钟扬从性格上来看,是有些相反的。张晓艳表面看着很柔弱,其实很大气,典型的不拘小节的类型。钟扬其实是反过来,表面上大大咧咧的,在细节上很注重。

钟扬在待人接物的细节上,是非常细心的。张晓艳在待人接物这一方面不是特别在意,不如钟扬细心。钟扬去接待一个人,他会察言观色,能看出这个人是开心还是不开心,而张晓艳不太会去仔细观察对方,她自己很坦然,不在乎别人的态度,觉得把该做的做到就行了。

他的一生都在践行着无疆大爱

可就是这样一个看上去既不是"好儿子",也不是"好父亲",甚至也不是"好丈夫"的人,却得到了他的妻子、儿子、父母的深爱。因为他们知道,钟扬把自己的全部都献给了他热爱着的事业,献给了西藏,他的一生都在践行着无疆大爱。

直到现在,他们都难以从悲痛中走出来。张晓艳每到凌晨三点左右,就好像感觉钟扬下班回家了。或许她宁愿相信他还在外面工作,没回家只是因为工作繁忙。张晓艳的父母给她打电话,本想给张晓艳一些精神上的支撑,奈何他们自己都忍不住悲痛。

钟扬的无疆大爱,赢得了全社会的爱戴。

2017年10月16日,教育部追授钟扬为"全国优秀教师"荣誉称号。

2017年12月12日,中共上海市委常委会追授钟扬"上海市优秀共产党员"称号。12月13日,中共中央政治局常委、上海市委书记李强在复旦大学召开学习钟扬精神座谈会,李强指出:

"钟扬同志是扎根祖国大地成长起来的优秀共产党员,是新时代的重大先进典型,高度契合了'不忘初心、牢记使命、永远奋斗'的时代号召,集中展现了一名优秀共产党员和优秀知识分子的时代风采,生动诠释了海纳百川、追求卓越、开明睿智、大气谦和的上海城市精神的时代内涵。"

2018年3月29日,中共中央宣传部追授钟扬"时代楷模"称号。复旦大学党委书记焦扬说:

"在钟扬同志身上,集中体现了对党忠诚、坚守初心的政治品格,扎根祖国、至诚奉献的爱国情怀。他始终把事业放在心上、胸怀博大、为民造福,又严于律己、胸怀坦荡,只求真真切切培养一批人,为国家、为民族、为人民群众多做实事。"

尾 声

  2018年3月25日夜，钟扬的小儿子钟云实又给父亲发了一条微信："老爸，你知道你现在在哪儿吗？"虽然他知道这条信息再也不会被回复，但在这个十五岁的少年心里，还做着一个梦，希望有一天，父亲会再回来。